RACCONTI STRAORDINARI

EDGAR ALLAN POE

IL RITRATTO OVALE

Il castello, nel quale il mio domestico s'era deciso di penetrare a viva forza, anziché permettermi, deplorevolmente ferito come io era, di passare una notte all'aria aperta, era una di quelle costruzioni, indecifrabile miscuglio di grandezza e di melanconia, che hanno per sì lungo tempo innalzate le loro rocche eccelse in mezzo agli Apennini, tanto nella realtà quanto nell'immaginazione di mistress Radcliffe. – Secondo ogni apparenza, esso era stato abbandonato temporariamente e tutt'affatto di recente.

Noi ci adattammo in una camera fra le più piccole e le meno riccamente ammobiliate, posta in una torre appartata dal fabbricato. La sua decorazione era ricca, ma rustica e cadente. Lungo i muri erano tese delle tappezzerie adorne di numerosi trofei araldici d'ogni forma, nonchè di una quantità veramente prodigiosa di pitture moderne, in sontuose cornici dorate, d'un gusto arabesco.

Io provai tosto un vivo interesse (e la causa ne era forse il delirio che incominciava) per questi dipinti che erano affissi, non solamente sulle pareti principali delle diverse camere, ma altresì in una sequela di anditi e corridoi che, per la bizzarra architettura del castello, dovevamo passare inevitabilmente; e crebbe tanto l'interesse, che ordinai a Pietro di chiudere le massicce imposte della camera – poichè omai già annottava – di accendere un gran candelabro a più bracci, collocato vicino al mio capezzale, e di alzare invece, quanto era possibile, le tende di velluto nero, guarnite di frangie che circondavano il letto. – Io desiderava tutto ciò per poter almeno, quando non mi fosse dato di addormentarmi, consolarmi alternativamente nella contemplazione di quei dipinti e nella lettura di un piccolo volume che io avevo trovato sull'origliere, che enunciava appunto il valore di essi e ne conteneva la descrizione.

Io lessi lungo tempo, assai lungo tempo; contemplai tutto religiosamente, devotamente quasi; e le ore passarono rapide e brillanti, direi così, talchè udii suonare la solenne ora della mezzanotte. La posizione del candelabro non mi garbava, e, protendendo la mano con certa difficoltà, per non disturbare di soverchio il mio domestico addormentato, io lo collocai in maniera che i suoi raggi si projettassero in modo completo sul libro.

Ma questa operazione produsse un effetto assolutamente inatteso. I raggi delle molteplici candele (poichè ve ne erano molte) caddero allora sopra una nicchia che trovavasi sulla parete e che una colonna del letto aveva fino allora coperta d'un'ombra profonda e mi apparve d'un tratto, in mezzo alla viva luce, un quadro che m'era dapprima sfuggito all'esame. Era il ritratto d'una giovine le cui forme già pronunciate, accennavano a donna omai fatta.

Io gettai sul dipinto un rapido sguardo e chiusi gli occhi: il perchè non lo compresi bene io stesso a tutta prima. Ma nel mentre le mie pupille rimanevano abbassate, analizzai rapidamente la ragione che mi obbligava quasi di ricorrere a tale espediente. Era questo un movimento involontario per guadagnar tempo, e per pensare, per assicurarmi che la mia vista non mi aveva ingannato, per calmare, direi così, e preparare ad un tempo istesso il mio spirito ad una contemplazione più pacata e sicura. Dopo alcuni istanti guardai di nuovo quel dipinto fissamente.

Io non poteva allora più dubitare, quand'anche lo avessi voluto, di distinguere ogni cosa assai nettamente; giacchè il primo baleno di luce su quella tela aveva dissipato lo stupore da trasognato da cui i miei sensi erano invasi, e mi aveva richiamato d'improvviso alla vita reale.

Il ritratto, io l'ho già detto, era quello d'una giovine donna. Era una semplice testa, giacchè il collo e le spalle vi si intravedevano appena; il tutto composto in quello stile che suol chiamarsi, in linguaggio tecnico, stile da vignetta; vi era assai della maniera di Sully nelle teste di sua predilezione. Il braccio, il seno, e fino le ultime ciocche di capelli, si fondevano in modo da sfuggire ad ogni indagine, nell'ombra indefinita ma intensa che serviva di fondo all'insieme. La cornice era ovale, magnificamente dorata e foggiata a rilievi sul gusto moresco. Come opera d'arte non si poteva, del resto, trovar nulla di più ammirabile di quel dipinto.

Tuttavia non dovevano essere nè la perfetta esecuzione dell'artista, nè l'immortale bellezza della fisionomia, che mi impressionarono così d'improvviso e sì fortemente; ed io dovevo poi credere ancor meno che la mia immaginazione, non ancòr ben risveglia, avesse preso quella testa per quella d'una persona vivente.

Allora mi s'affacciò senz'altro al pensiero che i dettagli del disegno, lo stile di vignetta e l'aspetto del quadro avrebbero ben tosto dissipato una simile allucinazione, cosicchè io sarei stato liberato repentinamente da ogni illusione. Nel mentre maturava tra me queste riflessioni, assai preoccupato, io restai, mezzo seduto, mezzo sdrajato, più di un'ora forse cogli occhi fissi in quel ritratto.

A lungo andare però, sembrandomi d'aver scoperto il vero segreto del suo effetto, mi lasciai ricadere sul letto. Io aveva indovinato che il fascino di quella pittura era un'impressione vitale assolutamente adeguata alla vita stessa; ciò che dapprima m'aveva fatto trasalire, poi confuso, soggiogato, atterrito.

Pieno di spavento profondo, misterioso, io ricollocai il candelabro alla sua pristina posizione, ed essendomi così tolto dagli occhi la causa della mia violenta agitazione, cercai ansiosamente il volume che conteneva l'analisi dei dipinti e la loro istoria. Passando tosto al numero che designava il ritratto ovale, io vi lessi allora lo strano e singolare racconto che segue:

«Era una giovinetta veramente d'una rara bellezza e che non era meno amabile di quel che fosse piena di giovialità. E maledetta sia l'ora in cui essa vide il pittore! innamorossi di lui e divenne infine sua sposa.

«Egli, appassionato, studioso, austero, e che aveva già trovato nell'arte la sua fidanzata: ella una giovinetta non meno amabile che piena di gajezza, tutta luce e sorrisi e colle pazzie in capo di una giovine gazzella; innamorata alla follia d'ogni cosa, e non odiando che l'arte, che era la sua rivale; nulla temendo fuorchè la tavolozza e i pennelli e gli altri odiosi istrumenti che la privavano dell'aspetto del suo adorato amante. Oh! fu una ben terribile cosa per questa poveretta quando essa udì il pittore manifestarle il desiderio di dipingere egli stesso la sua giovine sposa. Ma essa era umile ed obbediente, e posò quindi con dolcezza, durante ben lunghe settimane, nella tetra e più alta camera della torre, ove la luce pioveva sulla bianca tela solamente da un'apertura del soffitto. Ma egli, il pittore, metteva ogni sua gloria in quel lavoro, che progrediva di giorno in giorno, di ora in ora. Ed era un uomo appassionato e strano e pensieroso che si perdeva in fantasticherie; cosicchè egli non voleva vedere come la luce che cadeva così lugubremente in quella torre isolata disseccava le fonti della salute ed ogni vigoria di spirito della sua amata, la quale periva visibilmente agli occhi di tutti, fuorchè ai suoi. Ma essa sorrideva sempre, e sempre senza muover lamento, giacchè s'accorgeva come il pittore (che già aveva una gran fama) provava un piacer vivo ed ardente nel suo cómpito e lavorava notte e giorno per ritrarre quella che l'amava tanto, nonostante che si facesse di giorno in giorno più debole e languente. E in verità, quanti contemplavano il ritratto parlavano a bassa voce della sua rassomiglianza, come di una superba maraviglia, e di una prova non meno grande, della potenza del pittore, che del suo profondo amore per quella che egli dipingeva sì mirabilmente e in modo quasi prodigioso. – Ma a lungo andare, appressandosi il lavoro al suo compimento, niuno fu più ammesso nella torre; poichè il pittore, divenuto demente quasi dall'ardore della sua opera, staccava raramente gli occhi dalla tela nemmeno per guardare l'aspetto della sua amante. Ed egli non voleva vedere come i colori che stemprava sulla tela, erano tolti dalle guance di quella che era seduta e posava presso di lui. E quando furono trascorse lunghe settimane e non restava omai che ben poco a fare, null'altro che un ultimo tocco alle labbra e un tratto all'occhio, lo spirito della giovine donna palpitò ancora un istante come l'ultimo guizzo della fiamma d'una lampada. E allora il tocco fu dato e il tratto fu posto, e per un momento il pittore si trattenne in estasi davanti il proprio quadro – quel quadro che egli stesso aveva dipinto; ma un momento appresso, mentre egli stava tuttora contemplando, prese a tremare, si fe' pallido in viso e, come colpito di repentino spavento, gridando con voce possente: «Davvero che è la vita istessa!» – egli si rivolse bruscamente per riguardare la sua amata; – essa era morta!»

MORELLA

Ciò che io provavo verso la mia amica Morella era una profonda, ma singolarissima affezione. – Avendo fatto a caso la sua conoscenza, or son molti anni, la mia anima avvampò, fino dal nostro primo incontro, di ardori che essa non aveva mai conosciuti: – ma questi ardori non erano quelli d'Ero, e fu pel mio spirito un ben amaro tormento la convinzione sempre crescente che io non avrei mai potuto definire il loro carattere tutt'affatto eccezionale, nè sistemare la loro errante intensità. Ciò nondimeno, Morella ed io ci trovammo adatti reciprocamente, e il destino ne fece unire dinanzi all'altare. Io non parlava mai di passione; non una volta io pensai all'amore. Con tutto ciò ella fuggiva la società, e, avvicinandosi a me solo, mi rese felice. Essere ammaliato è una felicità; – e sognare non è dunque pure una felicità?

L'erudizione di Morella era profonda. Come io spero di dimostrarlo, i suoi talenti non apparivano d'ordine secondario; la potenza del suo spirito era gigantesca. Io lo riconobbi ben tosto, e in parecchie occasioni mi feci suo scolaro. Tuttavia m'avvidi di leggieri che Morella, forse a motivo della sua educazione compiutasi a Presburgo, spiegava dinanzi a me buon numero di quegli scritti mistici che sono generalmente considerati come il fiore della prima letteratura tedesca. Questi libri, per ragioni che io non poteva concepire, costituivano il suo studio costante e prediletto; – e se, col tempo, divennero anche il mio, non bisogna attribuire tal fatto che alla semplice ma efficace influenza dell'abitudine e dell'esempio.

In tutte queste cose, se io non m'inganno, la mia ragione non aveva pressochè nulla a che fare. Le mie convinzioni, od io non mi riconosco più, non erano in alcun modo basate sull'ideale, e niuno avrebbe potuto scoprire, a meno ch'io non n'inganni di gran lunga, alcun riflesso del misticismo delle mie letture, sia nelle mie azioni, che ne' miei pensieri. Persuaso di ciò, io m'abbandonai ciecamente alla direzione di mia moglie ed entrai con cuore imperterrito nel labirinto dei suoi studii. E allorchè, avvolgendomi nell'ebbrezza di pagine maledette, io sentiva destarsi in me uno spirito maledetto – Morella s'avanzava posando la sua mano fredda sulla mia e raccogliendo dalle ceneri d'una morta filosofia alcune parole gravi e singolari, che, pel loro senso bizzarro, si incidevano al vivo nella mia memoria. E allora, durante intere ore, io mi sedevo, fantastico sognatore, al suo fianco, immergendomi nella musica della sua voce, – fino a che questa melodia, a lungo andare, si imbevesse di terrore; – e un'ombra si stendeva sulla mia anima, – ed io divenivo pallido, e tremavo internamente a quei sogni extraterrestri. E così la gioja si mutava repentinamente nell'orrore, e l'ideale del bello diveniva l'ideale dell'orrido, come la valle d'Hinnom è poi divenuta la Gehenna.

Crederei inutile di stabilire il carattere esatto dei problemi che, sgorgando dai volumi di cui tenni parola, furono per lungo tempo pressochè l'unico oggetto di conversazione fra me e Morella. Gli uomini istrutti in ciò che può dirsi lo morale teologica li concepiranno facilmente, e gli ignoranti di tal scienza vi comprenderebbero ben poca cosa. Lo strano panteismo di Fichte, la palingenesi modificata dei pitagorici, e sopratutto la dottrina dell'identità quale ci è esposta da Schelling, erano generalmente i punti di discussione che offrivano maggiore attrattiva alla visionaria Morella. Questa identità, detta personale, il filosofo Locke, io credo, la fa con sano criterio consistere nella permanenza dell'essere razionale. Ammesso che per persona noi intendiamo un'essenza pensante dotata di ragione, e che esista una coscienza che accompagni sempre il pensiero, è dessa – questa coscienza – che ci fa essere tutti ciò che noi chiamiamo noi stessi – distinguendoci così dagli altri esseri pensanti, e dandoci la nostra identità personale. Ma il principium individuationis – la nozione di questa identità che alla morte è o non è mai perduta completamente, fu per me, in ogni tempo, un problema del più vivo interesse, non solo in causa della natura inquietante ed imbarazzante delle sue conseguenze, ma a causa altresì del modo strano ed agitato in cui soleva parlarne Morella.

Ma arrivò un tempo, alla fine, in cui il mistero della natura di mia moglie venne ad opprimermi come una malìa. – Io non poteva più sopportare il contatto delle sue dita pallide, nè il timbro profondo della sua parola musicale, nè il fulgore dei suoi occhi melanconiosi. Ella sapeva tutto ciò, ma non me ne moveva alcun rimprovero; chè sembrava aver conoscenza della mia debolezza e della mia follia, e chiamava ciò, quasi sorridente, il destino. Pareva che ella avesse anzi coscienza della causa, a me ignota, dell'alterazione graduale della mia amicizia; ma non me ne dava alcuna spiegazione, nè faceva allusione qualsiasi alla natura di tal causa. Tuttavia Morella non era che una donna, e deperiva giornalmente. Coll'andar del tempo, una macchia sanguigna si fissò stabilmente sulla sua gota, e le vene azzurre della sua pallida fronte divennero prominenti. La mia natura sentì allora qualche impeto di pietà; ma un momento dopo incontrai il lampo delle sue pupille sovrabbondante di pensieri, e la mia anima si sentì come malata, e provò la vertigine di colui che ha fisso lo sguardo in qualche lugubre ed inesplorabile abisso.

Dirò io dunque che aspirava, con un desiderio intenso e divorante, al momento della morte di Morella? Eppure fu così; ma il di lei fragile spirito si avviticchiò al suo abitacolo d'argilla per ben lunghi giorni, per settimane intere, e mesi fastidiosi, cosìcchè alla fine i miei nervi torturati presero il sopravvento sulla mia ragione ed io divenni furioso di tutti questi ritardi, e con un cuore di demonio maledissi i giorni e le ore, e i minuti amari che sembravano prolungarsi, e prolungarsi senza fine, man mano che la sua nobile esistenza declinava, come le ombre nell'agonia del giorno.

Ma una sera d'autunno, mentre l'aria dormiva immobile nel cielo, Morella mi chiamò al suo capezzale. Vi era un velo di nebbia su tutta la terra, e un caldo vapore si stendeva sulle acque, cosicchè nel mirare attraverso il fogliame della foresta gli splendori dell'ottobre, si sarebbe detto che un bell'arcobaleno si fosse dispiegato sul firmamento.

— Ecco il giorno dei giorni — mi disse ella quando me le appressai — il più bel giorno per vivere o per morire. – È un bel giorno pei figli della terra e della vita – ah! più bello ancora per le figlie del cielo e della morte

Io baciai la sua fronte, ed essa continuò:

— Io sto per morire; tuttavia vivrò.

— Morella!

— Non vi sono mai stati i giorni in cui ti fu concesso d'amarmi; ma quella che aborristi in vita, morta tu adorerai.

— Morella!

— Ti ripeto ch'io sto per morire. – Ma havvi in me un pegno di quella affezione – ah! qual tenue affezione! – che tu hai provato per me, Morella. Ma i tuoi giorni saranno giorni pieni di cordoglio, di quel cordoglio che è la più durevole fra le impressioni, come il cipresso è il più vitale fra gli alberi. – Imperciocchè le ore della tua felicità sono trascorse e la gioja non si raccoglie due volte nella vita come le rose di Pesto, due volte nell'annata. Tu non giuocherai più col tempo il giuoco dell'eroe di

Teo; il mirto ed il vigneto ti saranno cose conosciute, e dovunque sulla terra, tu porterai con te il tuo sudario, a guisa del musulmano della Mecca.

— Morella! — gridai io — Morella! come sai tu ciò?

Ma essa piegò il suo capo sull'origliere; un leggiero tremito le corse per le membra; poi spirò, nè io intesi mai più la sua voce.

Tuttavia, com'essa l'aveva predetto, la creatura, – a cui aveva dato la vita morendo, e che non respirò che allorchè la madre aveva cessato di respirare, – la sua creatura, una figliuoletta, visse. Ed anzi, ingrandì maravigliosamente di persona e d'intelligenza, e divenne la perfetta rassomiglianza di quella che se ne era partita: ed io l'amai d'un amore così fervente come non mi sarei creduto capace di provare per alcuna abitatrice della terra.

Ma, dopo non molto, l'orizzonte di questa pura affezione s'oscurò e vi si distesero come fosche nubi la melanconia, l'orrore e l'angoscia. Ho già detto che la bambina si sviluppò maravigliosamente di persona e d'intelligenza. – Strano invero fu il rapido sviluppo della natura corporea – ma terribili, oh terribili furono i pensieri tumultuosi che si addensarono su di me nel sorvegliare lo sviluppo del suo essere intellettuale. E poteva essere diversamente, mentre io scopriva ogni giorno più nelle concezioni della fanciulletta la potenza già adulta e la facoltà della donna? – quando i dettami dell'esperienza sgorgavano dalle labbra dell'infanzia? – quand'io vedeva ad ogni istante la saggezza e le passioni della maturità scaturire dalla sua pupilla ampia e meditativa? – quando, ripeto, tutto ciò colpì i miei sensi atterriti, – quando fu impossibile alla mia anima di dissimularlo più a lungo – alle mie facoltà rabbrividite di respingere questa certezza, – v'è dunque a maravigliarsi se dei sospetti d'una natura terribile ed inquietante si sieno inoculati nel mio spirito, o che i miei pensieri si sieno riportati con orrore a quegli strani racconti, ed alle penetranti teorie della defunta Morella? Io strappai dunque alla curiosità del mondo un essere che il destino mi comandava d'adorare, e nella rigida clausura della mia casetta vegliai con ansia mortale su tutto quanto concerneva l'amata creaturina.

E siccome gli anni passavano, ed ogni giorno io contemplava il suo santo, il suo dolce, il suo eloquente volto, e studiavo le sue forme ormai quasi di donna, così del pari io scoprivo ogni giorno dei nuovi punti di rassomiglianza tra la figlia e la madre, la melanconiosa e la morta. E di istante in istante, tali ombre di rassomiglianza prendevano consistenza, sempre più piene, più definite, più inquietanti e più orridamente terribili nel loro aspetto. Imperciocchè, io potevo ammettere bensì che il suo sorriso assomigliasse al sorriso di sua madre; ma questa rassomiglianza era una identità che mi metteva i brividi; – io doveva pur tollerare che i suoi occhi assomigliassero a quelli di Morella: ma anche essi penetravano troppo sovente negli intimi abissi della mia anima colla stranezza ed intensità di pensiero della stessa Morella. E nel profilo della sua fronte alta e nelle ciocche della sua capigliatura di seta, e nelle sue dita pallide che vi si immergevano abitualmente, e nel timbro grave e musicale della sua parola, e sopratutto – oh sopratutto – nelle frasi ed espressioni della morta sulle labbra dell'amata, della vivente, io trovavo alimento ad un pensiero divorante – per un verme che non voleva morire.

Così passarono due lustri della sua vita, e mia figlia restava sempre senza nome sulla terra. – Figliuola mia ed amor mio erano gli appellativi abitualmente suggeriti dall'affezione paterna, e la severa reclusione della sua esistenza s'opponeva ad ogni altra relazione. Il nome di Morella era morto con essa. Della madre io non aveva mai parlato alla figlia; – mi era assolutamente impossibile il farlo. E in realtà nel breve periodo della sua esistenza, quest'ultima non aveva ricevuto alcuna impressione del mondo esterno, fuorchè quelle che avevano potuto esserle fornite negli angusti limiti del suo ritiro.

Nondimeno, col progredire degli anni, la cerimonia del battesimo s'offerse al mio spirito, in tale stato di snervamento e d'agitazione, come il felice mezzo di liberazione dei terrori della mia sorte. Ma al fonte battesimale esitai sulla scelta d'un nome. Ed una miriade d'epiteti di saggezza e di beltà, di nomi venutici dai tempi antichi e moderni, del mio paese ed esteri, vennero ad affollarsi sulle mie labbra insieme ad una moltitudine di appellativi affascinanti di nobiltà, di bellezza e di bontà.

Chi m'inspirò allora dunque d'evocare la memoria della morta già da tanto tempo sepolta? Qual demone mi spinse ad emettere un suono di cui il ricordo mi faceva sempre rifinire il sangue a torrenti dalle tempia al cuore? Quale spirito maligno parlò dai più reconditi abissi della mia anima, allorchè, sotto le vòlte oscure del tempio e nel silenzio della notte, io susurrai alle orecchie del ministro di Dio le sillabe Morella? Qual essere, più che demone, agitò convulsivamente le sembianze della mia figliuoletta e le coprì del pallor della morte, allorchè, trasalendo a quel suono appena percettibile, ella levò i suoi limpidi occhi dalla terra al cielo, e cadendo bocconi sulle pietre annerite del nostro sepolcro di famiglia, rispose: Eccomi?

Queste semplici parole percossero distintamente il mio orecchio, fredde, tranquille, e di là, come piombo fuso, passarono sibilando nel mio cervello. Oh! gli anni! possono ben passare gli anni, ma il ricordo di quell'istante – non mai! Ah! i fiori e il vigneto non erano cose per me sconosciute; – ma l'aconito ed il cipresso distesero su me le loro ombre notte e giorno. Ed io perdetti ogni senso di tempo e di luogo, e sparvero dal cielo gli astri del mio destino, e da quel giorno la terra si è fatta tenebrosa, e tutte le immagini terrestri mi passarono accanto come ombre girevoli, e fra di esse io non ne vedevo che una: – Morella! I venti del firmamento non sospiravano alle mie orecchie che un suono, ed i flutti del mare mormoravano incessantemente: — Morella! — Ma essa è morta, ed io la portai colle mie stesse mani fino alla sua tomba, dov'io sorrisi d'un riso ben amaro e prolungato, quando nella nicchia dov'io deposi la seconda, non trovai più alcuna traccia della prima Morella.

SILENZIO

Le sommità delle montagne riposano; la vallata, le rocce e la caverna sono mute.

ALCMAN.

— Ascoltami, disse il Demonio, posandomi la sua mano sulla testa. La contrada di cui ti parlo è una ben triste contrada nella Libia, sulle rive del fiume Zaira. E là non regnano nè riposo, nè silenzio.

Le acque del fiume, malsane, sono di un colore giallognolo; nè esse scorrono al mare, ma agitansi eternamente sotto l'occhio infuocato del sole con movimento tumultuoso e convulsivo. Da ambe le sponde di questo fiume dal letto melmoso, ad una distanza di parecchie miglia, si stende un pallido deserto di gigantesche ninfee, le quali mandansi in quella solitudine reciproci sospiri, ed innalzano verso il cielo i loro esili colli di spettri, eternamente ondeggiando i mesti lor capi. – Si eleva da esse un mormorio confuso, simile a quel di torrente che scorra sotterra; – e continuano vicendevolmente a mandarsi gemebondi sospiri.

Ma il loro impero ha pure i suoi confini, che sono stabiliti da un'immensa, nera ed orribil foresta. Ivi, a guisa dei flutti che flagellano le Ebridi, piccoli e spessi alberi agitano continuamente le loro fronde. E pure non è ventoso quel cielo. E primitivi alberi smisurati fluttuano eternamente da questo e da quel lato con fracasso orrendo: e dalle sublimi lor cime stilla a goccia a goccia un'eterna rugiada. E a' lor ampii pedali piante strane e velenose contorconsi in agitato sonno. E sulle sublimi lor teste con iscroscio reboante, sempre di verso occidente, precipitansi grigiastre nubi sino a che que' vegetali annosi, qual ampia cataratta, rovesciano dietro i limiti infiammati dell'orizzonte. Né spiro di vento si agita per lo cielo: e sulle rive del fiume Zaira non havvi calma, e non havvi silenzio.

Era notte, e la pioggia cadeva; e, nel suo cadere, era acqua, – caduta, pareva sangue. Ed io stavami confitto in quel tristo padule tra grandi ninfee, e la pioggia mi cadeva sul capo, – e le ninfee mandavansi reciproci sospiri nella solennità di quella loro desolazione.

E d'un tratto la luna levossi a traverso il lieve velo di quella funebre nebbia, e mostrò il suo disco splendente d'un vivo chermisino. E i miei occhi si fermarono sopra una grigiastra roccia, elevantesi alla sponda del fiume, sulla quale la luna effondeva lo strano suo splendore. E la roccia era grigiastra, e sinistra e altissima; – e la roccia era grigiastra! – Sopra il suo frontone apparivano impressi grossi caratteri; ed io stentatamente avanzava in mezzo a quel padule di ninfee, anelo di toccare la sponda e poter così leggere distinte le lettere impresse sulla pietra. Invano! non riuscii a decifrarle. Ed io stava per immettermi ancora nel mezzo del padule; quand'ecco la luna brillare d'un rosso suo più vivo; e mi rivolsi e nuovamente guardai verso il masso e verso i caratteri; – e i caratteri dicevano: DESOLAZIONE!

E drizzai più in su lo sguardo, ed al sommo della roccia vidi immobile un uomo; e tosto, a spiare le di lui azioni, mi nascosi tra le ninfee. Grandi e maestose erano le sue forme, e dalle spalle a' piedi egli era avvolto solennemente nella toga dell'antica Roma. I contorni della sua persona, indistinti – ma le sue linee, quelle d'una vera divinità; avvegnachè, malgrado le ombre della notte, e la nebbia, e la luna, e la rugiada, – i contorni del volto brillassero di luce. Ed alta e grave di pensieri la fronte, ed il suo occhio, come per affanno, torbido; e nelle ampie rughe delle sue guance io lessi le leggende dell'affanno, della fatica, del disgusto dell'umanità, e d'una grande aspirazione alla solitudine.

E l'uomo si assise sulla roccia, e la testa appoggiava sulla mano; – discorse lo sguardo sopra quella desolazione. Osservava gli alberelli irrequieti e que' grandi alberi primitivi: più in alto fissò il cielo conturbato di lievi nubi e la luna tinta di sangue. Ed io men giaceva tutto rannicchiato tra le ninfee, tutt'occhi sulla persona di quell'uomo strano. Ed egli in mezzo a quella solitudine tremava; – ma intanto la notte si faceva alta, ed ei perdurava immobile sulla roccia.

E l'uomo stornò dal cielo lo sguardo, e lo diresse sul lugubre fiume Zaira, su quelle acque gialle e di morte, sulle pallenti legioni delle ninfee. Ed egli ascoltava attento i sospiri delle ninfee e il cupo mormorio che da queste si alzava. Ed io me ne stava accoccolato in quel mio nascondiglio, tutte spiando le azioni dell'uomo. E l'uomo tremava nella solitudine; – e intanto la notte avanzava, ed e' perdurava assiso sopra la roccia.

Allora mi spinsi nelle più remote parti del padule, calpestando i pieghevoli capi delle ninfee, e chiamando gli ippopotami, abitatori dei gorghi profondi del padule. E gl'ippopotami intesero la mia chiamata e si recarono in compagnia dei serpenti tortuosi, sino a piè della roccia, e misero alti e spaventosi ruggiti, sotto la luna. Io era sempre rannicchiato nel mio nascondiglio, tutt'occhi sulla persona di quell'uomo; e l'uomo tremava nella solitudine; – e nondimeno la notte avanzava, e l'uomo persisteva immobile sulla roccia.

Io allora maledissi gli elementi, – della maledizione del tumulto; e una tempesta spaventosa si addensò su 'n cielo, ove poc'anzi nessun filo d'aura alitava. E il cielo si fe' livido della violenza della tempesta – e la pioggia flagellava il capo dell'uomo, – e i fiotti del fiume straripavano, – e le sue acque, tormentate sprizzavano in ischiuma, – e le ninfee mandavano stridi dai loro letti, – e la foresta a' colpi del vento curvava, – e rumoreggiava il tuono, – e guizzavan saette, e vacillava la roccia sin dall'ime fondamenta. Ed io me ne stava sempre accoccolato nel mio nascondiglio a spiare le azioni dell'uomo. E l'uomo tremava in quella solitudine: – intanto la notte avanzava sempre, ed ei restava immobile sulla roccia.

Allora mi punse un'irritazione viva, e maledissi – della maledizione del silenzio – il fiume e le ninfee, e il vento, e la foresta e il cielo, e il tuono e i sospiri delle ninfee. Ed essi tutti andarono colpiti della mia maledizione, – ed ammutolirono. E la luna arrestò in cielo il penoso suo corso, e i tuoni cessarono, nè più lampeggiarono saette, e le nubi stettero gravemente, e le acque ritornarono ai loro letti – e vi giacquero; e gli alberi finirono di agitare le loro cime, nè più sospirarono le ninfee, cessando di sollevarsi ogni arcano mormorio dagl'innumeri loro steli, nè più udissi la menoma voce in tutto quel solenne deserto senza confini. Ed io fissava i caratteri della roccia, che si eran mutati; – ed ora essi rappresentavano questa parola: SILENZIO.

E i miei occhi ricaddero sulla figura dell'uomo, e tutto il suo aspetto era livido per terrore. – Ei con impeto tolse dalla mano il capo, si rizzò sul masso e tese l'orecchio. Ma, in tutta la immane solennità di quel deserto sconfinato, non una voce; e le lettere impresse sulla roccia, queste: SILENZIO. E l'uomo arricciò di paura in tutto il corpo, e fe' repente un voltafaccia e fuggissi lontano lontano, a precipizio, tanto che dileguossi, nè io più lo vidi – . . . .
. . . .
. . . .

Certo trovansi di bei racconti nei libri dei Magi, nei melanconici libri de' Magi, che sono legati in ferro. In essi, dico, trovansi narrazioni splendide – del cielo, della terra e del potente mare, – e de' Genii che regnarono sul mare, sulla terra e ne' sublimi cieli. E scienza profonda eziandio rivelavasi nelle parole che sono state proferite dalle Sibille: – e sante, sante cose furono un tempo udite dalle melanconiche quercie che agitavansi intorno a Dodona; ma, come è vero che Allah è vivente, io ho per fermissimo che questa favola narratami dal Demonio, quando ei si assise al mio fianco nell'ombra del sepolcro, sia la più meravigliosa di tutte.

E allora che il Demonio ebbe finito questa storia, riadagiossi nel profondo vano del sepolcro, e si mise a ridere. E io non potei ridere col Demonio: – ed e' mi maledisse, perchè non mi fu possibile ridere con lui. Allora la lince, che abita eternamente i sepolcri, uscì fuori e si accovacciò a piè del Demonio, ponendosi a fissarlo intensamente negli occhi.

DOPPIO ASSASSINIO
NELLA VIA MORGUE

Le facoltà dello spirito, che si definiscono colla parola analitiche, sono in sè stesse pochissimo suscettibili d'analisi, e non le apprezziamo se non per i loro risultati. Quello che ne sappiamo, tra le altre cose, è che esse sono, per chi le possiede in grado straordinario, sorgente di vive gioje. Allo stesso modo che l'uomo forte gode nella sua attitudine fisica e si compiace degli esercizi che provocano i muscoli all'azione, così l'analista trae la sua gloria da quella operosità spirituale, la cui funzione consiste nel dilucidare ciò che è oscuro. E trova un godimento anche nelle più triviali occasioni che mettono in giuoco i suoi talenti. Egli va matto degli enigmi, dei rebus, dei geroglifici; spiega in ciascuna delle soluzioni una potenza di perspicacia che, nell'opinione volgare, piglia carattere soprannaturale. I risultati abilmente dedotti dall'anima medesima e l'essenza del suo metodo, hanno proprio tutta l'aria d'una intuizione.

Codesta facoltà di risoluzione trae forse una gran forza dallo studio delle matematiche, e segnatamente dall'altissimo ramo di questa scienza, che in modo molto improprio e solo in causa delle sue operazioni retrograde, fu chiamata analisi, come se fosse questa l'analisi per eccellenza. Ma ogni calcolo non è per sè stesso un'analisi. Un giuocatore di scacchi, per esempio, fa benissimo l'una cosa senza l'altra. Ne deriva che il giuoco degli scacchi, nel suo effetto sopra la natura spirituale, è malissimo apprezzato. Io non voglio qui scrivere un trattato dell'analisi, ma semplicemente porre in fronte d'un racconto piuttosto singolare alcune osservazioni gettate là, che serviranno come un preambolo.

Piglio adunque quest'occasione di proclamare che l'alta possanza della riflessione è molto più attivamente e con molto maggior profitto messa in atto dal modesto giuoco della dama che dalla laboriosa futilità degli scacchi. In quest'ultimo giuoco in cui i pezzi possono fare dei movimenti diversi e bizzarri, rappresentando valori variati, la complessità è scambiata – errore comune – colla profondità. L'attenzione vi è messa in giuoco moltissimo, e dove essa cessi un istante, si commette un errore da cui risulta una perdita od una disfatta. Siccome i movimenti possibili sono, non soltanto variati, ma disuguali in potenza, le probabilità di simili errori sono molteplici; ed in nove casi su dieci è il giuocatore più attento che guadagna, non il più abile. Nelle dame, al contrario, in cui il movimento è semplice per sè stesso e poco variabile, le probabilità di inavvedutezza sono molto minori, e non essendo l'attenzione assolutamente ed interamente occupata, tutti i vantaggi riportati dai giuocatori sono unicamente dovuti ad una perspicacia maggiore.

Lasciando stare queste astrazioni, supponiamo un giuoco di dama in cui la totalità dei pezzi sia ridotta a quattro dame, e dove naturalmente non sia luogo ad aspettarsi una storditezza. È evidente che in questo caso la vittoria non può essere decisa – essendo le due parti assolutamente eguali – se non da una tattica abile, risultato di qualche poderoso sforzo dell'intelletto. Privo delle risorse ordinarie, l'analista entra nello spirito del suo avversario, si identifica con lui, e spesso scopre con una sola occhiata l'unico mezzo – mezzo talvolta semplice – d'indurlo in errore o di precipitarlo in un falso calcolo.

Fu lungamente citato il whist per la sua azione sulla facoltà del calcolo, e si conobbero degli uomini d'alto intelletto che sembravano trovarvi un diletto incomprensibile e sdegnavano gli scacchi come giuoco frivolo. In fatti non v'è alcun giuoco analogo che faccia lavorare di più la facoltà dell'analisi. Il miglior giuocatore di scacchi della cristianità non può essere altro che il miglior giuocatore di scacchi; ma l'abilità al whist implica l'attitudine a riuscire in tutte le speculazioni ben altrimenti importanti in cui lo spirito lotta collo spirito.

Quando dico la forza, io intendo quella perfezione nel giuoco che comprende l'intelligenza di tutti i casi di cui si può legittimamente trar profitto. Essi non soltanto sono diversi, ma complessi, si nascondono sovente in certe profondità del pensiero assolutamente inaccessibili ad un'intelligenza ordinaria.

Osservare attentamente gli è ricordarsi distintamente, e per questo rispetto il giuocatore di scacchi, capace d'una attenzione molto intensa, giuocherà benissimo al whist, perchè le regole di Hoyle, fondate esse stesse sul semplice meccanismo del giuoco, sono facilmente e generalmente intelligibili.

Laonde, l'avere una memoria fedele e procedere secondo il libro, sono punti che costituiscono per il volgo il summum del buon giuocatore, ma è nei casi situati al di là della regola che l'ingegno dell'analista si manifesta; egli fa in silenzio una folla d'osservazioni e di deduzioni. I suoi avversari ne fanno forse altrettanto; e la differenza dell'estensione delle notizie così acquistate non sta già tanto nella validità della deduzione quanto nella qualità dell'osservazione. L'importante, il principale, è sapere che cosa bisogni osservare. Il nostro giuocatore non si confonde nel suo giuoco, e benchè codesto giuoco sia l'oggetto presente della sua attenzione, non perciò egli respinge le deduzioni che nascono da oggetti estranei al giuoco. Egli esamina la fisionomia dei suoi avversari e la paragona attentamente a quella di ciascuno, considerando la maniera con cui ognuno distribuisce le carte. Conta spesso in grazia degli sguardi che si lasciano sfuggire i giuocatori soddisfatti, i trionfi ad uno ad uno; nota ogni movimento di fisionomia mano mano che il giuoco progredisce, e raccoglie un capitale di pensieri nelle varie espressioni di certezza, di meraviglia, di contentezza, di malumore. Nel modo di far una razza egli indovina se la medesima persona potrà farne un'altra di poi; riconosce ciò che vien giocato per finta dal modo che vien buttato sulla tavola; una parola accidentale, involontaria, una carta che cade o che si volta per caso, che si raccoglie con ansietà od indifferenza, il conto delle razze e l'ordine in cui vengono schierate, l'imbarazzo, l'esitazione, la vivacità, la trepidanza – tutto, è per lui sintomo, diagnosi, tutto rende conto a questa percezione – intuitiva in apparenza – del vero stato delle cose. Quando i due o tre primi giri sono stati fatti, egli considera a fondo il giuoco che è in ogni mano, e può fin d'allora giocare le sue carte con perfetta cognizione di causa, come se tutti gli altri avessero scoperto le loro.

La facoltà d'analisi non deve essere confusa colla semplice ingegnosità, poichè, mentre l'analista è necessariamente ingegnoso, accade spesso che un uomo ingegnoso, sia assolutamente incapace d'analisi. La facoltà di combinazione o di costruttività, colla quale si manifesta generalmente questa ingegnosità, ed alla quale i frenologhi – che, secondo me, hanno torto – assegnano un organo speciale – supponendo che sia una facoltà primordiale, si manifestò in esseri la cui intelligenza era vicina alla stupidità, abbastanza spesso da fermare l'attenzione degli scrittori psicologi. Fra l'ingegno e l'attitudine analitica, vi ha una differenza assai maggiore che tra l'immaginativa e l'immaginazione, ma di un carattere rigorosamente analogo; insomma si vedrà che l'uomo ingegnoso è sempre pieno d'immaginativa e che l'uomo veramente ingegnoso non è mai altro che un analista.

Il racconto che segue sarà pel lettore un commentario evidente degli argomenti che ho messo innanzi.

Io abitai Parigi durante la primavera e parte dell'estate del 18... e vi feci la conoscenza d'un certo Augusto Dupin. Questo giovane gentiluomo apparteneva ad una eccellente famiglia, anzi ad una famiglia illustre; ma per una serie di avvenimenti disgraziati si trovò ridotto a tanta povertà, che soggiacque l'energia del proprio carattere, ed egli cessò di spingersi innanzi nel mondo e di attendere a ristorare il proprio patrimonio. In grazia della cortesia de' suoi creditori rimase in possesso d'una piccola reliquia del fatto suo; e sulla rendita che ne ricavava trovò modo, con una economia rigorosa, di campare la vita senza inquietarsi del superfluo. I libri erano veramente il suo unico lusso, ed a Parigi è facile procurarseli.

La nostra prima conoscenza avvenne in un oscuro gabinetto di lettura della via Montmartre, per questo fatto fortuito che eravamo entrambi in cerca d' un medesimo libro molto notevole e rarissimo. Cotesta coincidenza ci riavvicinò. Ci vedemmo sempre più di frequente, ed io presi molto a cuore la sua piccola storia di famiglia, che mi raccontò minuziosamente con quel candore e con quell'abbandono che è proprio dei Francesi quando parlano delle loro faccende.

Fui molto maravigliato della prodigiosa estensione delle sue letture e più che altro mi sentii l'animo vinto, dallo strano calore e dalla vera freschezza della sua immaginazione. Cercando in Parigi certi oggetti che facevano il mio unico studio, vidi che la confidenza di un uomo simile doveva esser per me un tesoro inapprezzabile, e quind'innanzi mi abbandonai interamente a lui. Risolvemmo finalmente di vivere insieme tutto il tempo del mio soggiorno in questa città; e siccome le mie faccende erano alquanto meno imbarazzate delle sue, mi incaricai di pigliare in affitto e di ammobiliare con uno stile adatto alla melanconica fantasticheria de' nostri due caratteri, una casicciuola antica e bizzarra che le superstizioni a cui non volemmo badare avevano fatto disertare, casicciuola quasi in rovina e posta quasi solitaria del sobborgo san Germano.

Se le abitudini della nostra vita in quel luogo fossero state conosciute dalla gente, saremmo certamente passati per due pazzi, fors'anche per due pazzi di un genere inoffensivo. La nostra reclusione era completa, non ricevevamo visita di sorta. Il luogo della nostra dimora era rimasto un segreto riserbato scrupolosamente per i miei camerati, ed erano molti anni che Dupin aveva cessato di vedere chicchessia e di cacciarsi nella folla di Parigi. Vivevamo da soli.

L'amico mio aveva una bizzarria d'umore – perchè, come definire ciò? – amar la notte per l'amore della notte; era la sua passione la notte, e cadevo io stesso in questa bizzarria, come in tutte le altre che gli erano proprie, abbandonandomi alla corrente di tutte le sue stravaganze con perfetto abbandono. La nera divinità non poteva star sempre con noi; ma noi ne facevamo sempre la contraffazione; al primo mattino chiudevamo tutte le imposte pesanti della nostra abitazione. Accendevamo un paio di candele, che mandavano raggi debolissimi e pallidi, ed in questa fievole luce ci abbandonavamo entrambi alle fantasticherie, cianciando, leggendo o scrivendo, finchè la pendola ci avvertisse del ritorno della nera oscurità. Allora sfuggivamo attraverso le vie, a braccetto, continuando la conversazione del giorno, girovagando a casaccio fino ad ora tarda e cercando, attraverso i bagliori disordinati e le tenebre della popolosa città, quegli innumerevoli eccitamenti spirituali che lo studio tranquillo non può dare.

In queste occasioni non mi potevo trattenere dal notare e dall'ammirare, sebbene la ricca idealità di cui egli era dotato mi ci avesse dovuto preparare, un'attitudine analitica propria di Dupin. Egli sembrava provare una delizia acre nell'esercitarla, fors'anche nel farne mostra, e confessava candidamente tutto il diletto che provava. Mi diceva con un lieve risolino che molti uomini avevano per lui una finestra aperta nella parte del cuore, e di solito provava queste asserzioni con prove immediate e sorprendenti, frutto di una profonda conoscenza della mia propria persona.

In questi momenti i suoi modi erano glaciali e distratti, i suoi occhi guardavano nel vuoto, e la sua voce, una bella voce da tenore, saliva fino al falsetto; sarebbe stata petulanza senza l'assoluta deliberazione del suo linguaggio e la perfetta certezza del suo accento. Io osservavo allora e pensavo alla filosofia d'un'anima doppia, e mi divertivo nell'idea d'un Dupin doppio – un Dupin creatore ed un Dupin analista.

Non v'immaginate, per quanto ho detto, chi io voglia svelare un gran mistero o scrivere un romanzo. Ciò che ho notato in quel francese, non era altro che il risultato d'un'intelligenza riscaldata, fors'anche inferma. Un esempio darà una miglior idea della natura delle sue osservazioni al tempo di cui si tratta. Una notte gironzavamo in una lunga via sporca, presso al Palazzo reale, immersi ciascuno nei propri pensieri, almeno in apparenza, e da circa un quarto d'ora non avevamo detto sillaba; d'un tratto Dupin pronunziò queste parole:

— È piccolino davvero, starebbe meglio posto nel teatro delle Variétés.

— Non v'è dubbio, risposi senza badarvi e senza notare sulle prime, tanto era assorto, il bizzarro modo con cui l'interruttore adattava le sue parole alla mia fantasia. Un minuto dopo, tornato in me, mi stupii profondamente.

— Dupin, dissi con gravità, ecco una cosa che passa la mia intelligenza. Ti confesso schiettamente che sono stupefatto e che posso credere appena ai miei sensi. Come mai è potuto accadere che tu abbia indovinato che io pensavo a... ma mi trattenni per assicurarmi se egli avesse veramente indovinato a chi pensavo.

— A Chantilly? disse egli, perchè ti interrompi? tu facevi dentro te stesso l'osservazione che la sua piccola statura lo rende disadatto alla tragedia.

Era per l'appunto quello che formava l'argomento delle mie riflessioni. Chantilly era un ex ciabattino della via S. Dionigi, che aveva la smania del teatro ed aveva fatto la parte di Serse nella tragedia di Crébillon; le sue pretese erano ridicole e non si faceva altro che riderne.

— Dimmi un po', per l'amor di Dio! il metodo, se pur ve ne ha uno, con cui tu hai potuto penetrare l'animo mio!

In verità io ero più sbalordito di quanto avrei dovuto confessare.

— È il fruttivendolo, replicò l'amico mio, che ti ha condotto alla conclusione che il ciabattino non aveva statura adatta a fare la parte di Serse, e nessuna parte di questo genere.

— Il fruttivendolo! Tu mi fai stupire, io non conosco verun fruttivendolo.

— L'uomo che ti si è buttato addosso quando siamo entrati nella via circa un quarto d'ora fa.

Mi ricordai allora che in fatti un fruttivendolo, con in testa un gran paniere di pomi, mi aveva quasi gettato a terra, per isbaglio, allorchè passavamo dalla via C... sull'arteria principale ove eravamo allora. Ma che rapporto aveva ciò con Chantilly? Mi era impossibile rendermene conto.

Non v'era il menomo atto di ciarlataneria nel mio amico Dupin.

— Ti voglio spiegare la cosa, e perchè tu possa comprendere tutto chiaramente, ripiglieremo la serie delle tue riflessioni dal momento che ti ho parlato fino all'incontro del fruttivendolo. Gli anelli principali della catena si seguono così: Chantilly, Orione, il dottor Nichols, Epicuro, la stereotomia, i pavimenti, il fruttivendolo.

Pochi sono coloro che non si siano divertiti in un qualunque momento della loro vita a risalire il corso delle loro idee ed a ricercare per quali vie il loro spirito era arrivato a certe conclusioni. Spesso questa occupazione è piena di attrattiva e colui che la fa si meraviglia talvolta della incoerenza e della distanza immensa, per quel che pare, fra il punto di partenza ed il punto di arrivo.

Si giudichi adunque del mio stupore quando intesi l'amico mio parlare a quel modo, e fui costretto a riconoscere che aveva detto la semplice verità. Egli proseguì:

— Parlavamo di cavalli, se la memoria non m'inganna, proprio prima di lasciare la via C.... È stato questo l'ultimo tema della nostra conversazione. Mentre passavamo in questa strada, un fruttivendolo con un gran paniere sulla testa è passato frettoloso dinanzi a noi e ti ha gettato sopra un mucchio di lastre in un canto, ove la via era in riparazione. Tu hai messo il piede sopra una di quelle pietre vacillanti, hai barcollato e ti sei preso una storta, hai brontolato dispettosamente alcune parole, e ti sei rivolto per guardare il mucchio, dopo di che hai continuata la tua strada. Non ero assolutamente attento a quanto facevi, ma per me l'osservazione è divenuta da un pezzo una specie di necessità.

Gli occhi tuoi sono rimasti attaccati a terra, sorvegliando con una specie di collera le buche del pavimento (in guisa che io vedevo bene che tu pensavi alle pietre), finchè fummo giunti al piccolo passaggio che si chiama il passaggio Lamartine, ove si è fatto l'esperimento del pavimento di legno; un sistema di fusti uniti saldamente. A questo punto la tua fisionomia si è rischiarata, e ti ho visto muovere le labbra ed ho indovinato che mormoravi la parola stereotomia, un termine pretensioso che vien dato a questo genere di pavimento. Sapevo che tu non potevi dire stereotomia senza pensare agli atomi, e da questi alle teoriche di Epicuro; e siccome in una discussione avuta non molto prima in proposito, ti avevo fatto notare che le vaghe congetture dell'illustre greco erano state confermate singolarmente, senza che nessuno vi badasse, dalle ultime teoriche sulle nebulose, e dalle recenti scoperte cosmogoniche, mi sono accorto che tu non potesti impedire agli occhi tuoi di volgersi verso la gran nebulosa di Orione; me l'aspettavo come cosa certa, e tu non hai mancato di farlo; sono stato allora certo di averti seguito passo passo nella tua fantasticheria; ora in quella amara tirata di Chantilly, che fu pubblicata jeri nel Musco, lo scrittore satirico, facendo allusioni sgradevoli al cambiamento di nome del ciabattino quand'egli calzò il coturno, citava un verso latino di cui abbiamo spesso parlato. Voglio parlare del verso:

Perdidit antiquum littera prima sonum.

Ti aveva detto che si riferiva ad Orione, che primitivamente si scriveva Urione, ed in causa di una certa acrimonia che aveva accompagnato questa discussione, ero sicuro che tu non l'avevi dimenticata; era chiaro, dunque che tu non potevi tralasciare di accoppiare le due idee di Orione e di Chantilly. Questa associazione di idee io l'ho vista nello stile del sorriso che attraversò le tue labbra. Tu pensavi all'immolazione del povero ciabattino. Finora avevi camminato un po' curvo, ma ad un tratto ti ho visto drizzarti; ero sicurissimo che tu pensavi alla figura meschinuccia di Chantilly. Gli è in questo momento ch'io interruppi le tue riflessioni, facendoti notare che era un vero aborto quel Chantilly, e che si sarebbe meglio trovato a posto nel teatro delle Variétés.

Poco tempo dopo questo colloquio, noi leggevamo la seconda edizione della Gazzetta dei Tribunali, quando la nostra attenzione fu fermata da questi paragrafi:

«DOPPIO ASSASSINIO DEI PIÙ SINGOLARI. – Stamane, verso le tre, gli abitanti del quartiere St. Roch furono svegliati da una serie di grida spaventevoli che sembravano venire dal quarto piano d'una casa della via Morgue, che si sapeva occupato interamente da una certa Espanaye e da sua figlia, la signorina Camilla Espanaye. Dopo alcuni indugi cagionati da vani sforzi per farsi aprire, il portone fu sfondato, ed otto o dieci vicini entrarono accompagnati da due gendarmi.

«Frattanto le grida erano cessate; ma al momento in cui tutta quella gente arrivava confusamente al primo piano, si sentirono due voci forti, e più forse, che sembravano contendere e che venivano dalla parte superiore della casa. Giunti al secondo pianerottolo, quei rumori erano pure cessati, e tutto era tranquillo. I vicini andarono di camera in camera, e giunti ad una più vasta camera situata nella parte posteriore del quarto piano, e di cui fu forzata la porta che era chiusa a chiave al di dentro, si trovarono in faccia ad uno spettacolo che percosse tutti gli astanti di terrore.

«La camera era nel massimo disordine, i mobili spezzati e sparsi in tutti i versi. Non v'era che un letto, ed i materassi erano stati strappati e gettati nel mezzo del pavimento. Sopra una seggiola, si trovò un rasojo bagnato di sangue; nel focolare, tre lunghe e grosse ciocche di capelli grigi che sembravano essere state strappate a forza colle loro radici. Sul pavimento giacevano quattro napoleoni d'oro, un orecchino adorno d'un topazio, tre grossi cucchiai d'argento e tre più piccini, in metallo d'Algeri, e due sacchi contenenti circa quattromila franchi in oro. In un canto, i cassetti d'un canterano erano aperti, e senza dubbio erano stati saccheggiati, benchè vi si trovassero molti oggetti intatti. Un piccolo forziere di ferro fu trovato sotto i materassi; era aperto, colla chiave nella serratura, e non conteneva altro che alcune vecchie lettere e carte di nessuna importanza.

«Non fu trovata alcuna traccia della signora Espanaye; ma si notò una quantità straordinaria di sangue sul focolare; fu fatta una ricerca nel camino, e – orribile a dirsi! – ne fu estratto il corpo della signorina, col capo in giù, che era stato introdotto a forza e spinto per la stretta apertura fino a gran distanza. Il corpo era caldo, ed esaminandolo vi si scoprirono molte escoriazioni cagionate senza dubbio dalla violenza con cui era stato spinto nel camino e dagli sforzi fatti per estrarnelo. Sulla faccia aveva molte graffiature, e la gola portava lividure nere ed impronte profonde di unghie, come se la morte fosse avvenuta per strangolamento.

«Dopo un esame minuzioso d'ogni parte della casa, esame che non diede alcuna nuova scoperta, i vicini si introdussero in un cortile lastricato, situato nella parte posteriore dell'edificio; colà giaceva il cadavere della vecchia signora, colla gola recisa con un taglio così netto, che quando si cercò di sollevarla, la testa si staccò dal tronco. Il corpo, al par della testa, era terribilmente mutilato, tanto che a mala pena serbava umano aspetto.

«Tutto questo delitto è ancora un orribile mistero, e fin qui non fu scoperto, per quanto ne sappiamo noi, il menomo filo conduttore.»

Il numero successivo dello stesso giornale aggiungeva questi particolari:

«IL DRAMMA DELLA VIA MORGUE. – Buon numero d'individui furono interrogati relativamente a questo terribile e strano avvenimento, ma nulla ancora si è scoperto che possa dar luce alla cosa. Noi diamo qui sotto le deposizioni ottenute:

«Paolina Dubourg, lavandaja, depone ch'ella ha conosciute le due vittime per tre anni, e che ha lavato i loro panni. In tutto questo tempo, la vecchia signora, e sua figlia sembravano in buona armonia, ed erano affettuosissime l'una verso l'altra. Erano buone paghe. Non può dir nulla relativamente al loro metodo di vita ed ai loro mezzi d'esistenza. Crede che la signora Espanaye leggesse la buona ventura per vivere, e si diceva che avesse del denaro in disparte. Non ha mai incontrato nessuno in casa, quando veniva a pigliare o portare la biancheria. Assicura che quelle signore non avevano alcun servitore, e le parve che non ci fossero mobili in nessuna parte della casa, tranne al quarto piano.

«Pietro Mereau, mercante di tabacco, depone che egli forniva solitamente la signora Espanaye, e le vendeva piccole quantità di tabacco, talvolta in polvere. Egli è nato nel quartiere e vi ha abitato sempre. La defunta e sua figlia occupavano da oltre sei anni la casa in cui furono trovati i cadaveri. Da principio quella casa era abitata da un giojelliere che ne subaffittava i quartieri a varie persone. La casa apparteneva alla signora Espanaye, che si era mostrata molto malcontenta del suo locatore, il quale danneggiava i locali. Era venuta lei ad abitare la casa, rifiutando di darne in affitto alcuna parte. La buona signora era come imbecillita. Il testimonio ha visto la figlia cinque o sei volte in questi sei anni. Entrambe facevano vita eccessivamente ritirata, e si diceva che ne avessero ragione. Ha inteso dire dai vicini che la signora Espanaye dicesse la buona ventura; ma non lo crede, non ha mai visto nessuno oltrepassare la soglia, tranne la vecchia signora e sua figlia, un commissionario una o due volte, ed otto o dieci un medico.

«Molte altre persone del vicinato depongono nel medesimo modo. Non si cita nessuno che abbia frequentato la casa. Non si sa se la signora e sua figlia avessero parenti vivi. Le imposte delle finestre dirimpetto raramente si aprivano. Quelle di dietro erano sempre chiuse, eccetto le finestre della gran stanza del quarto piano. La casa era una buona casa, non troppo vecchia.

«Isidoro Muset, gendarme, depone che egli fu chiamato verso le tre del mattino, e che trovò al portone venti o trenta persone che s'adoperavano ad entrare nella casa. Egli sforzò la serratura con la bajonetta e non con tenaglia. Non stentò molto ad aprire, perchè la porta era a due battenti, e non aveva catenaccio nè in alto, nè in basso. Le grida continuarono finchè la porta fu sfondata, poi cessarono. Sembravano grida di una o di molte persone in preda ai più gran dolori, grida alte e prolungate, non già brevi nè precipitate. Il testimonio salì le scale. Giungendo al primo piano, intese due voci che contendevano a voce alta ed aspra. Una voce era rude, l'altra molto più acuta e singolarissima; egli comprese qualche parola della prima che era quella d'un francese. Ed è certo che non era una voce di donna. Potè distinguere le parole sacré e diable. La voce acuta era quella d'uno straniero, e non sa bene cosa dicesse, ma presume che parlasse spagnuolo. Questo testimonio rende conto dello stato della camera e dei cadaveri nei termini che abbiamo adoperato noi.

«Enrico Duval, un vicino di professione orefice, depone che faceva parte del gruppo di coloro che sono entrati i primi nella casa. Conferma generalmente le testimonianze del Muset. Appena si sono introdotti nell'abitazione hanno chiuso la porta per non lasciar passare la folla che ingrossava sempre più, non ostante l'ora mattutina. La voce acuta, se si crede al testimonio, era la voce d'un italiano, ma certamente non era voce francese; egli non sa bene se fosse una voce di donna, ma potrebbe essere benissimo. Il testimonio non è famigliare colla lingua italiana; non ha potuto capire le parole, ma è convinto dall'intonazione che l'individuo che parlava fosse un italiano. Il testimonio ha conosciuto la signora Espanaye e sua figlia. Ha spesso parlato con esse ed è certo che la voce acuta non era quella di nessuna delle vittime.

Odenheimer, trattore. Questo testimonio si è offerto da sè stesso. Non parla francese, e fu interrogato per mezzo d'un interprete. Egli è nato ad Amsterdam. Passava dinanzi alla casa durante le grida che durarono alcuni minuti, dieci minuti forse. Erano grida prolungate; spaventevoli, altissime. Odenheimer è uno di coloro che entrarono nella casa. Egli conferma la testimonianza precedente, tranne in un solo punto: egli è sicuro che la voce acuta fosse quella d'un uomo, d'un francese. Non ha potuto distinguere le parole articolate, parlava forte e presto, con accento che esprimeva insieme il timore e la collera. La voce era aspra, meglio aspra che acuta. La voce disse più volte: sacré, diable, ed una volta: mon Dieu!

«Giulio Mignaud, banchiere della casa Mignaud e figli. È il maggiore dei Mignaud. La signora Espanaye aveva qualche ben di Dio. Egli le aveva aperto un conto nella sua casa, otto anni prima in primavera. Essa ha sovente deposto alla sua banca piccole somme di danaro, egli non le ha restituito mai nulla fino al terzo giorno prima della sua morte in cui venne a domandare in persona una somma di quattromila franchi. Questa somma le fu pagata in oro, ed un commesso venne incaricato di portargliela a casa.

«Adolfo Lebon, commesso in casa Mignaud e figli, depone che verso il mezzodì egli accompagnò la signora Espanaye a casa sua coi quattromila franchi. Quando la porta si aprì, la signorina Espanaye venne, e gli prese dalle mani uno dei due sacchi, mentre la vecchia signora lo alleggeriva dell'altro. Egli salutò e partì. Non vide nessuno per via in quel momento. La via è molto solitaria e senza uscita.

«Guglielmo Bird, sarto, depone che egli è uno di coloro che entrarono nella casa. È inglese. Ha vissuto due anni a Parigi. È uno dei primi che salirono le scale, ed ha inteso le voci che contendevano, la voce aspra era quella d'un francese. Egli ha potuto distinguere alcune parole, ma non se le ricorda. Ha inteso distintamente sacré e mon Dieu. Era in quel momento un chiasso, come di molte persone che s'acciuffino – il chiasso d'una lotta e di oggetti spezzati; la voce acuta era forte, più forte della voce aspra, è sicuro che non era una voce d'inglese. Gli parve di un tedesco; potrebbe essere benissimo voce di donna. Il testimonio non sa il tedesco.

«Quattro dei testimoni qui sopra riferiti furono chiamati di nuovo e deposero che la porta della camera in cui fu trovato il corpo della signora Espanaye era chiusa al di dentro quando vi arrivarono. Tutto era in perfetto silenzio. Nè gemiti nè rumori di alcuna sorta. Dopo di aver forzato l'uscio non videro nessuno.

«Le finestre, nella camera posteriore ed in quella di facciata, erano chiuse e saldamente assicurate al di dentro. Una porta di comunicazione era chiusa, ma non a chiave. La porta che conduceva dalla camera dinanzi al corridojo era chiusa a chiave, e la chiave al di dentro; uno stanzino sul dinanzi della casa, al quarto piano, all'ingresso del corridojo, aperto, e la porta socchiusa. Questa stanza ingombra di vecchi mobili, di valigie, ecc. Furono attentamente rimossi e visitati tutti questi oggetti, e non v'è pollice d'una parte qualsiasi dell'abitazione che non sia stato esaminato con cura; furono fatti salire degli spazzacamini nei camini. La casa ha quattro piani e soffitta. Una botola che mette sul tetto era condannata e trattenuta saldamente con chiodi; essa pareva non essere stata aperta da anni. Le testimonianze variano sulla durata del tempo trascorso tra il momento in cui s'intesero le voci che contendevano e quello in cui fu forzata la porta della camera. Alcuni lo valutano brevissimo, due o tre minuti, altri cinque minuti. La porta fu aperta con gran stento.

«Alfonso Garcio, intraprenditore di pompe funebri, depone che abita in via Morgue: è nato in Ispagna, ed è uno di coloro che penetrarono primi nell'abitazione, non salì le scale perchè ha i nervi molto delicati e temendo le conseguenze d'una violenta agitazione nervosa. Egli ha inteso le voci che contendevano: la voce grossa era quella d'un francese. Non ha potuto distinguere che cosa dicesse, ma la voce acuta era certamente d'un inglese, ne è sicurissimo: il testimonio non sa l'inglese, ma giudica dall'intonazione.

«Alberto Montani, confettiere, depone che egli fu dei primi a salire le scale, udì le voci in questione. La voce rauca era quella d'un francese ed ha distinto alcune parole. L'individuo che parlava sembrava far dei rimproveri. Non ha potuto indovinare ciò che dicesse la voce acuta, che parlava in fretta e con rotti accenti. La credette voce d'un russo. Conferma in generale le testimonianze precedenti. Egli è italiano e dice di non aver mai parlato con un russo.

«Alcuni testimoni, richiamati, dichiararono che i camini in tutte le camere al quarto piano sono tanto stretti da non poter lasciare il passo ad un uomo. Quando hanno parlato di spazzare i camini, intendevano dire di quelle spazzole a cilindro di cui si fa uso per simile uffizio. Furono fatte passare quelle spazzole dall'alto al basso in tutti i tubi della casa. Non v'ha nella parte posteriore alcun passaggio che abbia potuto favorire la fuga di assassini, mentre i testimoni; salivano le scale. Il corpo della signorina Espanaye era cacciato tanto addentro nel camino, che ci vollero, per estrarnelo, le forze unite di quattro o cinque testimoni.

«Paolo Dumas, medico, depone che fu chiamato per esaminare i cadaveri giacenti entrambi sul fondo del letto della camera in cui era stata trovata la signorina Espanaye. Il corpo della giovane signora era tutto ammaccato ed escoriato, e ciò si spiega abbastanza col fatto d'essere stato introdotto nel camino: la gola era molto scorticata. Proprio sotto al mento aveva graffiature profonde, con una serie di macchie livide risultanti evidentemente dalla pressione delle dita. La faccia era orrendamente scolorita ed i globi degli occhi sporgevano dalla testa. La lingua era tagliata a metà. Una larga ammaccatura si vedeva nel cavo dello stomaco, prodotta per quanto pareva dalla pressione d'un ginocchio. Stando all'opinione del signor Dumas, la signorina Espanaye era stata strangolata da uno o più individui ignoti.

«Il corpo della madre era orridamente mutilato. Tutte le ossa della gamba e del braccio manco più o meno rotti. La tibia sinistra stritolata, e così le coste della medesima parte. Tutto il corpo orribilmente ammaccato e scolorato. Era impossibile dire come fossero stati dati simili colpi. Una pesante mazzuola di legno o una larga tenaglia di ferro, un'arme grossa e contundente avrebbe potuto produrre simili risultati, se fossero stati in mano ad uomo robustissimo. Ma con qualsiasi arme nessuna donna avrebbe potuto dar colpi simili. La testa della defunta, quando il testimonio la vide, era del tutto separata dal tronco ed a somiglianza del resto singolarmente stritolata. La gola evidentemente era stata segata con uno strumento affilato, forse con un rasojo.

«Alessandro Etienne, chirurgo, fu chiamato al medesimo tempo del signor Dumas per visitare i cadaveri; egli conferma la testimonianza e l'opinione del collega suo.

«Sebbene molte altre persone siano state interrogate, non si potè ottenere alcun'altra notizia di qualche valore. Non fu mai commesso un assassinio così imbrogliato, se pure ci fu assassinio. La polizia è assolutamente fuorviata – caso insolito nelle faccende di simil natura. È veramente impossibile trovare il filo di questo reato.»

L'edizione della sera confermava l'agitazione permanente del quartiere St. Roch; diceva che i luoghi erano stati oggetto di un secondo esame, che i testimoni erano stati di nuovo interrogati, ma tutto invano. Pure un postscriptum annunziava che Adolfo Lebon, il commesso della casa bancaria, era stato arrestato e carcerato, benchè nulla nei fatti già noti sembrasse sufficiente ad incriminarlo.

Dupin parve interessarsi molto all'andamento di questo negozio, per quanto almeno ne potevo giudicare dai suoi modi, perchè egli non faceva verun commento. Fu sol dopo l'incarceramento di Lebon che egli mi chiese che opinione avessi rispetto al doppio assassinio.

Non potei far altro che confessargli esser anch'io come tutta Parigi, considerarlo cioè come un mistero insolubile, non vedere verun mezzo di mettersi sulle tracce dell'omicida.

— Non dobbiamo giudicare dei mezzi possibili, disse Dupin, per questa istruzione embrionale. La polizia parigina, di cui tanto si vanta la penetrazione, è molto astuta e niente più. Essa procede senza metodo o, per meglio dire, non ha altro metodo che quello del momento. Si fa qui una gran mostra di provvedimenti, ma accade spesso che siano così inopportuni e così male appropriati allo scopo, che fanno pensare al signor Jourdain, il quale domandava la sua veste da camera per meglio intendere la musica. I risultati ottenuti talvolta sono sorprendenti, ma di solito sono dovuti alla diligenza ed all'energia. Dove non bastano queste facoltà, i disegni fanno cilecca. Vidocq, per esempio, era buono per indovinare; era uomo di pazienza; ma non avendo abbastanza educato il pensiero, egli faceva continuamente, falsa strada per l'ardore medesimo delle sue investigazioni. Egli diminuiva la forza della sua visione guardando l'oggetto troppo da vicino. Poteva forse vedere uno o due punti con una singolare limpidezza, ma per causa appunto del suo modo d'agire perdeva l'aspetto della cosa presa nell'insieme. Ciò può chiamarsi il mezzo d'esser troppo profondi. La verità non è sempre in un pozzo. Anzi, in quanto a ciò che c'interessa più da vicino, credo ch'essa sia invariabilmente alla superficie. Noi la cerchiamo nella profondità della valle, ed è sulla vetta delle montagne che la scopriremo.

Si trovano nella contemplazione dei corpi celesti, esempi eccellenti di questo genere di errori. Gettate sopra una stella una rapida occhiata, guardatela obliquamente volgendo verso di essa la parte laterale della retina (molto più sensibile ad una luce debole che non sia la parte centrale), e vedrete la stella distintamente; avrete l'apprezzamento più giusto del suo splendore, splendore che si oscura mano mano che dirigete la vista sopra di lei. Nell'ultimo caso cade sull'occhio un massimo numero di raggi, ma nel primo la percezione e più compiuta, la suscettibilità più viva. Una profondità maggiore indebolisce il pensiero e lo rende perplesso; ed è possibile far sparire Venere medesima dal firmamento con un'attenzione troppo continuata, troppo concentrata, troppo diretta.

Quanto a questo assassinio, facciamo noi stessi un esame prima di formarci un'opinione. Un'inchiesta ci darà spasso (io trovai questa opinione bizzarra nel caso presente, ma non dissi parola); e in oltre Lebon mi ha reso un servizio per il quale non mi voglio mostrare ingrato. Andremo sui luoghi, li esamineremo coi nostri occhi medesimi. Io conosco G..., il prefetto di polizia, ed otterremo senza stenti il permesso necessario.

Il permesso fu accordato ed andammo dritti alla via Morgue. È uno di quei meschini passaggi che congiungono la via Richelieu alla via St Roch. Era il pomeriggio e già tardi quando vi giungemmo, perchè quel quartiere si trova a gran distanza da quello da noi abitato. Trovammo presto la casa, perchè vi era molta gente che guardava dall'altra parte della strada le persiane chiuse, con curiosità stupida. Era una casa come tutte quelle di Parigi, con un portone e ad uno dei lati una nicchia vetrata con un vetro mobile rappresentante il bugigattolo del portinajo. Prima di entrare risalimmo la via, entrammo in un viale e passammo così dalla parte posteriore della casa. Dupin intanto esaminava tutti i dintorni, come pure la casa, con una attenzione minuziosa di cui non potevo indovinare l'oggetto. Rifacemmo i nostri passi verso la facciata, mostrammo il nostro permesso, e gli agenti ci permisero d'entrare. Salimmo fino alla camera ove era stata assassinata la signorina Espanaye, ed ove giacevano ancora i due cadaveri.

Il disordine della camera era stato rispettato, come si suol fare in simili casi. Non vidi niente di più di quello che aveva riferito la Gazzetta dei Tribunali. Dupin analizzò minuziosamente ogni cosa, non eccettuati i corpi delle vittime. Passammo poi in altre camere, e scendemmo nei cortili, sempre accompagnati dai gendarmi. Questo esame durò un pezzo, ed era già notte quando lasciammo la casa. Tornando alla nostra abitazione, il mio compagno si fermò alcuni minuti negli uffizi di un giornale quotidiano.

Ho detto che l'amico mio aveva ogni sorta di bizzarrie che io rispettavo. Ebbe egli il capriccio di non voler parlare dell'assassinio fino a domattina al mezzodì. Fu allora che mi domandò bruscamente se io avessi notato qualche cosa di speciale sul teatro del crimine.

Vi fu nel modo di pronunciare la parola speciale un accento che mi die' i brividi, senza sapere perchè.

— No, nulla di speciale, dissi, nulla di più, almeno, di quanto abbiamo letto entrambi nel giornale.

— La Gazzetta, soggiunse egli, non ha, temo, penetrato l'insolito orrore del fatto. Ma lasciamo stare le opinioni ingenue di quel foglio di carta; mi sembra che il mistero sia considerato come insolubile per la ragione medesima che dovrebbe farlo reputare facile di risolvere. Voglio parlare del carattere eccessivo con cui si mostra. La gente poliziesca è confusa dall'assenza apparente di motivi legittimanti non l'assassinio in sè stesso, ma l'atrocità dell'assassinio, ed è imbarazzata anche dall'impossibilità di conciliare le voci che contendevano col fatto che non si trovò in cima alla scala nessun'altra persona, fuorché la signorina Espanaye assassinata, e che non vi era mezzo d'uscire senza esser visto dalle persone che salivano le scale. Lo strano disordine della camera, il corpo spinto colla testa in basso nel camino, l'orrenda mutilazione del corpo della vecchia, queste considerazioni unite a quelle che ho menzionato e ad altre di cui non ho bisogno di parlare, sono bastevoli a paralizzare l'azione degli agenti del ministro ed a sviare interamente la loro perspicacia tanto vantata. Essi hanno commesso la grossolana e comunissima colpa di confondere lo straordinario coll'astruso, ma è appunto seguendo queste deviazioni del corso consueto della natura che la ragione troverà la strada, se è possibile, e camminerà verso la verità. In investigazioni del genere di quella che ci occupa, non bisogna tanto domandare come sono andate le cose, quanto studiare in che si distinguono da tutto quello che è accaduto fino al presente. Insomma, la facilità colla quale io arriverò – o sono già arrivato – alla soluzione del mistero è in ragione diretta della sua insolubilità apparente agli occhi della polizia.

Io guardai l'amico mio con molto stupore.

— Aspetto ora, proseguì egli gettando uno sguardo, sulla porta della nostra camera, aspetto un individuo che, sebbene non sia forse l'autore di questo macello, deve trovarvisi in parte implicato. È probabile che sia innocente della parte atroce del crimine, e spero non ingannarmi in tale ipotesi, perchè è su tale ipotesi che io fondo la speranza di decifrare tutto l'enimma. Aspetto quest'uomo qui, in questa camera, da un minuto all'altro; potrà anche non venire, ma v'ha probabilità che venga. Se viene, sarà necessario tenerlo qui. Ecco delle pistole e noi sappiamo a che servono quando le occasioni lo richiedono.

Presi le pistole senza saper ciò che mi facevo, non potendo neppur credere alle mie orecchie, mentre Dupin continuava press'a poco come in un monologo. Ha già parlato delle sue maniere distratte in simili momenti: il suo discorso s'indirizzava a me, ma sebbene ad un diapason ordinario, la sua voce aveva l'intonazione che si piglia di solito parlando con qualcheduno posto a gran distanza. Gli occhi suoi, d'un'espressione vaga, non guardavano che il muro.

Le voci che contendevano, diceva egli, le voci intese da quanti salivano le scale non erano quelle delle disgraziate donne, ciò è più che provato dall'evidenza – e ci sbarazza pienamente dal primo quesito: la vecchia signora avrebbe ella assassinato sua figlia e si sarebbe poi tolta la vita? Non parlo di questo che per amor di metodo, perchè la forza della signora Espanaye sarebbe stata assolutamente insufficiente ad introdurre il corpo di sua figlia nel camino nel modo con cui fu scoperto, e le sue ferite sono di tal natura da escludere assolutamente l'idea del suicidio. L'assassinio fu dunque commesso da terzi e le voci di costoro, furono quelle intese.

Permettete ora di chiamare la vostra attenzione, non già sulle deposizioni che si riferiscono a queste voci, ma su ciò che vi ha di speciale in queste deposizioni. Vi avete notato qualcosa voi?

— Notai che mentre tutti i testimoni andavano d'accordo nel considerare la voce grossa come quella d'un Francese, vi era un gran disaccordo rispetto alla voce acuta, o come l'aveva definita un solo individuo, alla voce aspra.

— Ciò forma l'evidenza, disse Dupin, ma non ha la particolarità dell'evidenza. Voi non avete nulla osservato di distintivo, e pure v'era qualche cosa da osservare. I testimoni, notatelo bene, sono d'accordo sulla voce grossa, qui abbiamo l'unanimità; ma relativamente alla voce acuta, vi è una singolarità; e non consiste nel disaccordo, ma in ciò che quando un italiano, un inglese, uno spagnuolo, un olandese si provano a descriverla, ciascuno ne parla come della voce di uno straniero, ciascuno è sicuro che non era la voce dei suoi compatrioti. Ciascuno la paragona non alla voce d'un individuo la cui lingua gli sia famigliare, ma precisamente al contrario. Il francese immagina che fosse una voce di spagnuolo ed avrebbe potuto cogliere qualche parola se fosse stato famigliare collo spagnuolo. L'olandese afferma che era la voce d'un francese, ma è stabilito che il testimonio, non sapendo il francese, fu interrogato per mezzo di un interprete. L'inglese crede che fosse una voce tedesca e non capisce il tedesco. Lo spagnuolo è proprio sicuro che è la voce d'un inglese, ma giudica dall'intonazione, perchè non ha alcuna cognizione dell'inglese. L'italiano crede alla voce d'un russo, ma non ha mai discorso con uno della Russia. Un altro francese, per altro differente dal primo, è certo che è la voce d'un italiano, ma non avendo cognizione di questa lingua, trae la sua certezza dalla intonazione. Ora questa voce era dunque tanto insolita e tanto strana, che non si potessero ottenere se non simili testimonianze? Una voce nell'intonazione della quale, cittadini di cinque gran parti dell'Europa non hanno potuto cogliere un accento a loro famigliare! Mi direte che era forse la voce d'un asiatico o d'un africano; senza negare la possibilità del caso, senza dire che gli Africani e gli Asiatici non sono in gran numero a Parigi, chiamerò semplicemente la vostra attenzione sopra tre punti.

Un testimonio descrive la voce così: piuttosto aspra che acuta. Altri la dice breve e rotta, ma nessuno ha distinto parole, nè suoni simili a parole.

Non so, proseguì Dupin, quale impressione abbia potuto fare sul vostro criterio, ma posso asserire che si possono trarre deduzioni legittime da questa parte medesima della deduzione – la parte relativa alle due voci, la grossa e l'acuta, bastevolissime in sè stesse a creare un sospetto che indicherebbe la via ad ogni ulteriore investigazione del mistero.

Ho detto deduzioni legittime, ma questa espressione non traduce interamente il mio pensiero.

Volevo dire che queste deduzioni sono le sole convenienti e che il sospetto, sorge da esse inevitabilmente, come unico risultato possibile. Pure di qual natura sia questo sospetto, era più che bastevole a dare carattere determinato ed una positiva tendenza all'ispezione che volevo fare nella camera.

Ed ora trasportiamoci col pensiero nella camera. Quale sarà il primo oggetto delle nostre ricerche? I mezzi d'evasione adoperati dagli assassini. Possiamo asserire, non è vero, che non crediamo, nè l'uno, nè l'altro, agli avvenimenti soprannaturali?

Le signore Espanaye non sono state assassinate dagli spiriti; gli assassini erano esseri materiali e sono fuggiti materialmente.

Ma come? Fortunatamente non v'ha che una maniera di ragionare su questo punto, e questa maniera ci condurrà ad una conclusione positiva. Esaminiamo dunque ad uno ad uno i mezzi possibili d'evasione. È chiaro che gli assassini erano nella camera ove fu trovata la signorina Espanaye, od almeno nella camera adjacente quando la folla salì le scale. È dunque solo in queste due camere che dobbiamo cercare delle uscite. La polizia ha tolto i pavimenti, ha aperto i soffitti, ha scandagliato la muratura delle pareti. Nessuna uscita segreta potè sfuggire alla sua perspicacia, ma io non mi sono fidato de' suoi occhi ed ho esaminato co' miei; non v'è veramente alcuna uscita segreta. Le due porte che conducono dalle camere al corridojo erano chiuse saldamente e le chiavi erano al di dentro.

Vediamo i camini: questi, che sono di larghezza ordinaria fino ad una distanza di otto o dieci piedi sopra il focolare, non lascerebbero al di là passare nemmeno un grosso gatto.

L'impossibilità della fuga almeno per la via indicata è dunque posta in sodo: non ci rimangono che le finestre; nessuno potè fuggire da quelle della camera anteriore senza esser visto dalla folla radunata nella via. È dunque stato necessario che gli assassini fuggissero da quelle della camera posteriore.

Giunti a questa conclusione per deduzioni incontrastabili, non abbiamo il diritto, come ragionatori, di respingerla per la sua apparente impossibilità. Altro non ci rimane da provare se non che questa impossibilità apparente in fatto non esiste. Vi sono due finestre nella camera. Una delle due non è ostruita dai mobili ed è rimasta interamente, visibile. La parte inferiore dell'altra è nascosta dal capezzale del letto molto massiccio, che vi è addossato.

Fu notato che la prima era saldamente assicurata al di dentro, ed ha resistito agli sforzi di quanti hanno cercato di aprirla. Era stato aperto nel suo telajo, a manca, un gran foro con un trapano e vi si trovò un grosso chiodo conficcato fino quasi alla capocchia. Esaminando l'altra finestra fu trovato un chiodo simile; ed un robusto sforzo per toglier il telajo fu vano del pari. Ciò bastò alla polizia per convincersi che nessuna fuga aveva potuto compiersi per quella via; perciò fu creduto inutile levare i chiodi ed aprire le finestre.

Il mio esame fu più minuzioso e ciò per la ragione data poc'anzi. Era il caso, io lo sapevo, di dimostrare che l'impossibilità era solo apparente.

Continuai a ragionare così, a posteriori. Gli assassini erano evasi da una di quelle finestre. Ciò posto, essi non potevano avere raccomodato al di dentro i telai come furono trovati; considerazione che per la sua evidenza ha limitato le ricerche della polizia da quella parte. Pure quelle impannate erano chiuse benissimo. Bisogna dunque che esse possano chiudersi da per sè. Non v'è modo di sfuggire a questa conclusione. Mossi diritto alla finestra non chiusa, estrassi il chiodo con qualche stento e cercai di togliere l'impannata, che resistette a tutti i miei sforzi, come mi aspettavo. Vi era adunque, ne ero oramai sicuro, una molla nascosta, e questo fatto avvalorando la mia idea mi convinse almeno della giustezza delle mie premesse, per quanto misteriose mi sembrassero sempre le circostanze relative ai chiodi. Un esame minuzioso mi fece in breve scoprire la molla segreta. La spinsi, e soddisfatto della mia scoperta, mi astenni dal togliere l'impannata. Rimisi allora il chiodo a suo posto e l'esaminai attentamente. Una persona passando dalla finestra poteva averla rinchiusa, e la molla aveva fatto il suo ufficio; ma il chiodo non poteva essere stato rimesso a posto. Questa conclusione era limpida e restringeva ancora il campo delle mie investigazioni: bisognava che gli assassini fossero fuggiti dall'altra finestra. Supponendo dunque che le molle delle due finestre fossero simili, bisognava ora trovare una differenza nei chiodi od almeno nella maniera in cui erano stati conficcati.

Salii sul fondo del letto e guardai minuziosamente l'altra finestra disopra al capezzale. Passai di dietro una mano e scoprii senza difficoltà la molla identica alla prima, come avevo immaginato. Allora esaminai il chiodo; era grosso al par dell'altro e conficcato nel medesimo modo quasi fino alla capocchia.

Direte che ero imbrogliato, ma se pensate così, gli è che v'ingannate sulla natura delle mie induzioni.

Per servirmi d'un termine di giuoco, non avevo fatto alcun sbaglio, non avevo perduto la pesta un menomo istante, non v'era lacuna d'un anello nella mia catena. Avevo seguìto il segreto fin nella ultima sua fase, e questa fase era il chiodo. Rassomigliava, io dico, per ogni rispetto al suo vicino dell'altra finestra; ma questo fatto, per quanto fosse inconcludente in apparenza, diveniva assolutamente nullo in faccia a questa considerazione dominante, cioè che là, al chiodo, finiva il filo conduttore. Vi deve essere, pensai, qualcosa di difettoso in questo chiodo; lo toccai, e la capocchia, con un piccolo pezzo di gambo, un quarto di pollice circa, mi rimase nelle dita. Il resto del chiodo era nel buco ove si era spezzato. La frattura era vecchia, perchè gli orli erano incrostati di ruggine, e doveva essere stata fatta con un colpo di martello che aveva conficcato in parte la capocchia del chiodo nel fondo dell'impannata. Riadattai la capocchia col pezzo che la rafforzava, ed il tutto raffigurava il chiodo intatto. La fessura era invisibile. Premetti la molla, sollevai dolcemente l'imposta alcuni pollici, la capocchia del chiodo non si mosse dal buco. Rinchiusi l'impannata, ed il chiodo offrì di nuovo l'aspetto d'un chiodo completo.

Fin qui l'enigma era spiegato. L'assassino era fuggito dalla finestra del capezzale del letto. O fosse ricaduta di per sè dopo la fuga, o fosse stata chiusa da mano umana, l'impannata era trattenuta dalla molla e la polizia avea attribuito questa resistenza al chiodo; così ogni inchiesta ulteriore era stata superflua.

Il quesito oramai era quello del modo della discesa e su questo punto avevo soddisfatto il mio spirito nella passeggiata intorno all'edificio. A cinque piedi circa dalla finestra in quistione, corre una catena da parafulmine dalla quale sarebbe impossibile a chicchessia di giungere alla finestra, e molto meno d'entrare; pure ho notato che le imposte del quarto piano sono d'un genere speciale che i falegnami parigini chiamano ferrades, impannate pochissimo usate oggi, ma che s'incontrano spesso nelle vecchie case di Bordeaux e di Lione. Sono fatte come una porta ordinaria (porta semplice e non a doppio battente) tranne che la parte inferiore è a giorno ed ingraticolata, il che dà alle mani una presa eccellente. Nel caso nostro le imposte sono larghe tre buoni piedi e mezzo. Quando le abbiamo esaminate dietro alla casa erano entrambe aperte a metà, facevano cioè angolo retto col muro. È da immaginare che la polizia abbia esaminato al par di me le parti di dietro della casa; ma guardando queste ferrades, nel verso della loro larghezza (come deve averle vedute), non ha senza dubbio badato a questa larghezza medesima, od almeno non le ha dato l'importanza necessaria; insomma gli agenti, una volta che fu dimostrato per essi che la fuga non si era potuta compiere dalla finestra, non vi diedero che una attenzione sbadata.

Pure era evidente per me che l'impannata appartenente alla finestra del capezzale del letto, immaginandola appoggiata al muro, doveva trovarsi a due piedi dalla catena del parafulmine.

Era anche chiaro che, per lo sforzo d'un coraggio e d'un'energia insoliti, si poteva per mezzo della catena aver fatto un'evasione dalla finestra.

Giunto a questa distanza di due piedi e mezzo (immagino l'impannata aperta del tutto) un ladro avrebbe potuto trovare nell'ingraticolato una presa solida, ed abbandonando la catena ed assicurando bene i propri piedi al muro, e dando un balzo, cader nella camera e tirarsi dietro con impeto l'imposta, in guisa da chiuderla – tutto ciò supponendo che la finestra fosse allora aperta.

Notate bene ch'io ho parlato d'un'energia pochissimo comune, necessaria per riuscire in un'impresa tanto difficile e così arrischiata. Vi ho voluto provare che la cosa era possibile, ed ho voluto, in secondo luogo e principalmente, fermare la vostra attenzione sul carattere straordinariissimo, quasi soprannaturale, dell'agilità necessaria per compierla.

Direte senza dubbio, adoperando il linguaggio giudiziario, che per dare la mia prova a fortiori, io dovrei piuttosto stare al disotto nel valutare l'energia necessaria in questo caso che reclamare la sua esatta stima. Così usano forse i tribunali, ma ciò non conviene punto alla ragione.

Il mio scopo ultimo è la verità ed il mio scopo presente è d'indurvi a ravvicinare l'energia insolita di quella voce tanto singolare, di quella voce acuta (od aspra), di quella voce rotta la cui nazionalità non potè essere accertata da due testimonii d'accordo, ed in cui nessuno ha afferrato suoni articolati o sillabazioni di sorta.

A queste parole mi passò nello spirito una concezione vaga ed embrionale del pensiero di Dupin. Mi pareva d'essere sul confine della comprensione, senza poter comprendere; a guisa di quando si è sull'orlo della ricordanza senza pur riuscire a ricordarsi. L'amico mio proseguì la sua argomentazione:

— Voi vedete, diss'egli, che io ho trasportato la quistione dal modo d'uscita al modo d'ingresso; questi due atti mi premeva di dimostrare che sono avvenuti nella medesima maniera e sul medesimo punto.

Torniamo ora nell'interno della camera; esaminiamone tutti i particolari. I cassetti del canterano, si dice, furono messi sossopra, pure furono trovati molti oggetti d'abbigliamento intatti. Questa conclusione è assurda, una congettura abbastanza ingenua e nulla più. Come possiamo noi sapere che gli oggetti trovati nei cassetti non rappresentano tutto quanto i cassetti contenevano?

La signora Espanaye e sua figlia conducevano vita ritiratissima, non vedevano gente, di raro uscivano, avevano dunque poche occasioni di mutare abbigliamento; quelli che furono trovati erano almeno di buona qualità quanto qualsiasi di quelli che possedevano verosimilmente quelle signore, e se un ladro ne avesse presi alcuni, perchè non avrebbe presi i migliori, perchè non li avrebbe presi tutti? Insomma, perché avrebbe egli abbandonato quattromila franchi in oro per impadronirsi d'un fardello di biancheria? L'oro fu abbandonato, la quasi totalità della somma designata dal banchiere Mignaud fu trovata sul pavimento nei sacchi. Mi preme d'allontanare dalla vostra mente l'idea d'interesse generata nel cervello della polizia dalle deposizioni che parlano d'oro consegnato alla porta medesima dell'abitazione; coincidenze maggiori di queste (la consegna del danaro e l'omicidio del proprietario) si presentano ad ogni ora della nostra vita senza fermare la nostra attenzione neppure un minuto. In generale le coincidenze sono grossi intoppi nella via di quei poveri pensatori mal educati che non sanno la prima parola della teorica delle probabilità, teorica a cui l'umana scienza deve le più gloriose conquiste e le scoperte più belle. Nel caso presente se l'oro fosse scomparso, il fatto che fosse stato consegnato tre giorni prima formerebbe qualcosa di più d'una coincidenza, perchè darebbe valore all'idea dell'interesse; ma nelle circostanze reali in cui ci troviamo se supponiamo che l'oro fu il movente all'assassinio, ci conviene immaginare l'assassino così incerto e stupido da dimenticare insieme l'oro ed il movente che lo faceva agire.

Mettetevi dunque bene in mente i punti sui quali ho fermato la vostra attenzione: questa voce singolare, questa agilità straordinaria e questa assenza bizzarra d'interesse in un omicidio così stranamente atroce. – Esaminiamo ancora l'assassinio in sè stesso. – Eccovi una donna strangolata colle mani: e cacciata in un camino colla testa in basso. Assassini ordinari non adoperano mezzi simili per uccidere, e tanto meno non nascondono così il cadavere delle loro vittime. In questo modo di cacciare le vittime nei camini, ammetterete qualche cosa di eccessivo e di bizzarro, qualche cosa di assolutamente inconciliabile con tutto quanto noi conosciamo in generale delle umane azioni, anche supponendo che i delinquenti fossero i più pervertiti degli uomini. Pensate anche qual forza prodigiosa fu necessaria per spingere questo corpo in simile apertura e cacciarvelo tanto addentro, che gli sforzi riuniti di molte persone bastarono appena ad estrarvelo.

Portiamo ora la nostra attenzione ad altri indizi di questa meravigliosa vigoria. Nel focolare vennero trovate ciocche grossissime di capelli grigi, che furono strappati colle loro radici. Vi è noto qual forza poderosa occorre per istrappare solamente dalla testa venti o trenta capelli insieme. Avete visto le ciocche di cui parlo al pari di me. Alle loro radici, orribile spettacolo! aderivano frammenti di cuoio capelluto, prova certa della prodigiosa possanza che fu necessaria per istrappare cinquecentomila capelli con un sol colpo.

Non solo il collo della vecchia signora era reciso, ma la testa assolutamente separata dal busto; l'istrumento era un semplice rasoio; vi prego di notare questa ferocia bestiale. Lasciamo stare le ammaccature del corpo della signora Espanaye. Il signor Dumas ed il suo onorevole confratello signor Etienne, hanno affermato essere opera d'uno strumento contundente, ed in ciò furono assolutamente nel vero. L'istrumento contundente è stato senza dubbio il pavimento del cortile su cui la vittima è caduta dalla finestra che mette nel letto. Quest'idea, per quanto semplice possa sembrare ora, è sfuggita alla polizia per la medesima ragione che le impedì di notare la larghezza delle imposte delle finestre, cioè perchè in grazia dei chiodi la sua percezione era ermeticamente chiusa all'idea che le finestre fossero mai state aperte. Se ora sussidiariamente avete pensato al bizzarro disordine della camera ci siamo spinti tanto oltre da combinare le idee d'un'agilità meravigliosa e d'una ferocia bestiale, d'una carneficina senza ragione e d'un carattere grottesco nell'orribile, assolutamente estraneo all'umanità, e d'una voce il cui accento è ignoto all'orecchio di uomini di molte nazioni, d'una voce che non sillaba distintamente ed in modo intelligibile.

Ora, dite voi, che ne deriva? Quale impressione ho io fatto nella vostra fantasia?

Sentii un brivido corrermi nelle membra quando Dupin mi fece questa domanda.

— Un pazzo, dissi, avrà commesso l'assassinio. – Qualche maniaco fuggito da una casa di salute dei dintorni.

— Non c'è male, diss'egli, la vostra idea è quasi applicabile, ma le voci dei pazzi, anche nei loro parossismi più selvaggi, non si accordano mai con quel che si dice di questa voce singolare intesa sopra le scale. I pazzi fanno parte d'una nazione qualunque, ed il loro linguaggio, per quanto incoerente nelle parole, è sempre sillabato. Inoltre i capelli d'un pazzo non assomigliano a quelli che io ho ora nelle mie mani.

Ho strappato questa piccola ciocca dalle dita rigide della signora Espanaye; ditemi che ve ne pare.

— Dupin, diss'io tutto scomposto, questi capelli sono molto straordinarii.... non sono capelli umani!

— Non ho detto che fossero tali, rispose egli, ma prima di decidere su tal punto, desidero che diate un'occhiata ad un disegno fatto sopra questo pezzetto di carta. È un facsimile che rappresenta ciò che certe deposizioni definiscono «le ammaccature e le profonde impronte d'unghie» trovate sul collo della signorina Espanaye e che i signori Dumas ed Etienne chiamarono «una serie di macchie livide evidentemente cagionate dall'impressione delle dita.»

Vedete, proseguì l'amico mio, spiegando la carta sulla tavola, che questo disegno dà l'idea d'un pugno robusto e fermo. Non v'è indizio che le dita abbiano scivolato. Ogni dito ha serbato forse fino alla morte della vittima la terribile presa che ha fatto, ed in cui si modellò. Provate ora a collocare tutte le dita nel medesimo tempo, ciascuna nell'impronta analoga che vedete.

Mi provai, ma invano.

— Può essere, disse Dupin, che non facciamo questo esperimento come deve essere fatto. La carta è sopra una superficie piana e la gola umana è cilindrica; ecco un cilindro di legno, la cui circonferenza è presso a poco come quella d'un collo, distendetevi intorno il disegno e ritentiamo la prova.

Obbedii, ma la difficoltà fu ancor più evidente della prima volta.

— Questa, diss'io, non è l'impronta di una mano umana.

— Ora, disse Dupin, leggete questo passaggio di Cuvier.

Era la storia minuziosa, anatomica e descrittiva del grande orangutang fulvo delle isole dell'India orientale. Tutti conoscono la gigantesca statura, la forza e l'agilità prodigiosa; la ferocia selvaggia e la facoltà di imitazione di questo mammifero. Compresi d'un tratto quanto v'era d'orribile in quell'assassinio.

— La descrizione delle dita, dissi io quand'ebbi finita la lettura, concorda perfettamente col disegno. Vedo che nessun animale tranne un orangutang di tal specie avrebbe potuto fare impronte come quelle da voi disegnate. Questa ciocca di peli fulvi è essa pure d'un carattere identico a quello dell'animale di Cuvier, ma non mi rendo ben conto dei particolari dell'orribile mistero, e poi furono intese due voci contendere, ed una d'esse era incontrastabilmente la voce d'un francese.

— È vero, vi ricorderete un'espressione attribuita quasi unanimemente a questa voce – l'espressione Mon Dieu! Queste parole nelle circostanze presenti furono da uno dei testimoni (Montani, il confettiere) descritte come esprimenti un rimprovero. È dunque su queste due parole che io ho fondato la speranza di rischiarare completamente l'enigma. Un francese ha avuto cognizione del delitto. È possibile, anzi è più che probabile che sia innocente di qualsiasi partecipazione a questo fatto di sangue. L'orangutang gli è forse sfuggito e può darsi che l'abbia seguito fino alla camera, ma che nelle circostanze terribili succedute, non abbia potuto impadronirsi di lui. L'animale è ancora libero; ma non proseguirò queste congetture, chè non ho il diritto di chiamare con altro nome queste idee, poichè le ombre di riflessioni che loro servono di fondamento, sono d'una profondità appena bastevole per essere apprezzate dalla mia propria ragione, ed io non pretenderei certo che fossero apprezzabili per un'altra intelligenza.

Noi le chiameremo dunque congetture e non le considereremo se non come tali; se il francese in quistione è innocente del crimine, questo annunzio ch'io ho lasciato jeri sera mentre ritornavamo a casa nell'ufficio del giornale Le Monde (giornale consacrato agli interessi marittimi) lo condurrà da noi.

Mi porse una carta e lessi:

«AVVISO: Fu trovato nel bosco di Boulogne, il mattino del.... corrente (era la mattina dell'assassinio) assai di buon'ora un enorme orangutang fulvo della specie di Borneo.) Il proprietario (che si sa essere un marinajo appartenente ad una nave maltese) può ritrovar l'animale, dopo avere dato connotati soddisfacenti ed aver rimborsate alcune spese alla persona che se n'è impadronita e che l'ha custodito.»

«Rivolgersi in via.... N.... sobborgo San Germano al 3.° piano.»

— Come avete potuto, domandai a Dupin, sapere che l'uomo era un marinajo appartenente ad un naviglio maltese?

— Non so, non sono sicuro. Ecco per altro un pezzettino di nastro che, a giudicarne dalla forma e dall'aspetto sudicio ha evidentemente servito ad annodare i capelli in una di quelle lunghe code che formano la fierezza de' marinai. Inoltre questo nodo è tale che pochi sanno farlo, eccetto i marinai.

Ho raccolto il nastro a piedi della catena del parafulmine. È impossibile abbia appartenuto all'una delle due vittime, ma in fin dei conti, se mi sono sbagliato argomentando da questo nastro che il marinajo appartiene ad una nave maltese, non avrò fatto male ad alcuno col mio annunzio. Se sono in errore egli immaginerà semplicemente ch'io sia stato fuorviato da qualche circostanza di cui non si darà briga; ma se sono nel vero, sarà un gran punto guadagnato.

Il francese, che ha cognizione dell'omicidio doppio, benchè innocente, esiterà a rispondere all'annunzio ed a reclamare l'orangutang; ragionerà così: «Io sono innocente, sono povero, il mio orangutang è di gran valore, in una condizione come la mia è quasi un patrimonio, perchè dovrò io perderlo per sciocche apprensioni di pericolo? Eccolo in mie mani. Fu trovato nel bosco di Boulogne, a gran distanza dal luogo dell'omicidio; si potrà mai sospettare che un animale abbia potuto fare il colpo? La polizia è fuorviata e non ha potuto trovare il filo conduttore; quando anche si fosse sulle peste dell'animale, sarebbe impossibile provare ch'io ho avuto cognizione di questo omicidio ed incriminarmi in causa di tale cognizione. Infine, ed innanzi tutto io sono conosciuto. Lo scrittore dell'annunzio mi indica come proprietario dell'animale, ma non so dove vada la sua certezza. Se tralascio di reclamare una proprietà di così gran valore che si sa appartenermi, posso destare un sospetto pericoloso. Sarebbe da parte mia cattiva politica chiamar l'attenzione sopra di me o sopra l'animale; risponderò all'avviso del giornale, ripiglierò l'orangutang e lo chiuderò ben bene fin tanto che la faccenda sia messa in dimenticanza.»

In quella intendemmo un passo su per le scale.

— Preparatevi, disse Dupin, prendete le pistole, ma non ve ne servite, anzi non le mostrate prima d'un mio segnale.

Era stato lasciato aperto il portone; il visitatore era entrato senza suonare ed aveva salito molti gradini; ma si avrebbe detto che oramai esitasse, e lo intendevamo ridiscendere. Dupin si diresse vivamente verso la porta, quando noi lo udimmo risalire. Questa volta l'incognito non diede indietro e si fece avanti risoluto, picchiando all'uscio della nostra camera.

— Avanti, disse Dupin con voce allegra e cordiale.

Si presentò un uomo.

Era evidentemente un marinajo, grosso, robusto e muscoloso, con un'espressione d'audacia indiavolata, che non era del tutto sgradevole. La sua faccia bronzina era seminascosta dai favoriti o dai mustacchi; portava egli un gran bastone di quercia, ma non pareva altrimenti armato. Ci salutò goffamente e ci augurò la buona sera con voce franca, che sebbene un po' imbastardita di svizzero, ricordava un'origine parigina.

— Sedete, amico mio, disse Dupin, immagino veniate per il vostro orangutang. In fede mia quasi ve lo invidio, è singolarmente bello, e senza dubbio è un animale di gran valore. Quanti anni ha?

Il marinaio tirò il fiato lungo, come uomo sollevato da un peso intollerabile, e rispose con voce ferma:

— Non vi saprei dire; ma non può aver più di quattro o cinque anni. Lo avete qui?

— Oh no; non avevamo luogo adatto a chiuderlo; è in una scuderia qui vicino, in via Dubourg. Voi lo potrete avere domattina. Dunque siete in grado di provare il vostro diritto di proprietà?

— Sissignore, certamente.

— Mi farà proprio pena separarmene, disse Dupin.

— Io non intendo, disse l'incognito, che vi siate prese tante brighe per nulla. Pagherò una ricompensa alla persona che ha trovato l'animale, una ricompensa ragionevole.

— Benissimo, replicò l'amico mio, tutto ciò è giusto. Vediamo; quanto dareste voi? Ma ve lo dirò io.

Ecco quale sarà la mia ricompensa: voi mi racconterete tutto quanto vi è noto relativamente agli assassini della via Morgue.

Dupin pronunziò queste ultime parole con voce bassissima e tranquillamente, poi si diresse verso la porta colla stessa tranquillità, la chiuse e mise in tasca la chiave. Prese allora una pistola e la pose senza la minima commozione sulla tavola.

La faccia del marinaio divenne pavonazza, come se fosse all'agonia per soffocazione. Si levò in piedi e die' di piglio al bastone, ma un minuto dopo si lasciò cader sulla sedia tremando tutto e colla morte in viso. Non poteva proferir parola. Io lo compiangeva dal profondo del mio cuore.

— Amico mio, disse Dupin con voce piena di bontà; voi vi impaurite senza motivo, ve lo assicuro. Non vi vogliamo fare alcun male; in fede di galantuomo e di francese non abbiamo alcun cattivo disegno contro di voi. Io so benissimo che siete innocente degli orrori della via Morgue; pure ciò non vuol dire che non vi siate un pochino implicato. Il poco che vi ho detto deve provarvi che ebbi su questo negozio delle informazioni che non avreste mai sospettato. Ora per noi la cosa è chiara. Voi non avete fatto nulla che vi fosse possibile evitare, e certamente nulla che vi renda colpevole. Avreste potuto rubare impunemente e non vi siete nemmeno reso colpevole di furto. Non avete niente a nascondere, non avete ragione alcuna di celare checchessia. D'altra parte tutti i vincoli dell'onore vi costringono a confessare quanto sapete. Un uomo innocente è ora imprigionato, accusato del crimine di cui potete indicare il reo.

Mentre Dupin pronunciava queste parole, il marinajo era ridiventato padrone di sè, ma tutto l'ardire di prima era scomparso.

— Che Iddio mi ajuti, diss'egli, e vi dirò tutto quanto so di questo negozio, ma non spero che ne crediate la metà; sarei veramente uno sciocco se lo sperassi! Peraltro sono innocente e dirò tutto quello che ho sul cuore, dovesse anche costarmi la vita.

Ed ecco la sostanza di quanto ci narrò. Egli aveva fatto ultimamente un viaggio nell'arcipelago Indiano. Una frotta di marinai, di cui faceva parte, sbarcò a Borneo e penetrò nell'interno per farvi un'escursione. Egli ed uno dei suoi compagni avevano preso l'orangutang. Il suo compagno morì e l'animale divenne in tal guisa sua proprietà esclusiva. Dopo una serie d'impicci cagionati dall'indomabile ferocia del prigioniero durante la traversata, il padrone riuscì finalmente a chiuderlo nella propria abitazione a Parigi; per non destare la insopportabile curiosità dei vicini, aveva chiuso la scimia con gran cura fino a che l'ebbe guarita d'una ferita al piede che si era fatta a bordo con una scheggia. Infine il suo disegno era di venderlo.

Mentre tornava, una notte, o per dir meglio una mattina – la mattina dell'assassinio – da un'orgia di marinai, trovò l'animale nella propria camera da letto; era uscito dallo stanzino attiguo ove lo credeva chiuso benissimo; con un rasojo in mano e tutto impiastricciato di sapone, stava seduto davanti ad uno specchio e cercava di radersi come aveva certo veduto fare al padrone spiandolo dalla toppa. Atterrito nel vedere un'arme tanto pericolosa nelle mani d'un animale così feroce, capacissimo di servirsene, l'uomo, per alcuni istanti, non aveva saputo qual partito prendere. Era solito a domar l'animale anche negli accessi furiosi, con frustate, e così volle fare anche stavolta. Ma vedendo lo staffile, l'orangutang diè un balzo attraverso alla porta della camera, scese le scale a precipizio, ed approfittando d'una finestra disgraziatamente aperta, si gettò nella via.

Il francese disperato inseguì la scimia, la quale, sempre col rasojo in mano, si fermava ogni tanto, si voltava indietro e faceva delle smorfie all'uomo che la inseguiva, finchè si vedeva presso ad essere raggiunta, poi pigliava la corsa. La caccia durò così un pezzo, le vie erano tranquille; potevano essere le tre del mattino. Attraversando un passaggio dietro la vie Morgue, l'attenzione del fuggitivo fu fermata da una luce che veniva dalla finestra aperta della signora Espanaye, al quarto piano in casa sua. La scimia si precipitò verso il muro; vide la catena del parafulmine, vi si arrampicò con inconcepibile agilità, afferrò l'imposta della finestra, che era addossata al muro, e si slanciò sul capezzale del letto.

Tutta questa ginnastica non durò un minuto. L'imposta della finestra era stata respinta contro il muro dal balzo che l'orangutang aveva fatto gettandosi nella camera.

Frattanto il marinajo era allegro ed inquieto insieme, perchè aveva speranza di ripigliare l'animale che difficilmente poteva fuggirsene dalla trappola in cui si era cacciato, e d'altra parte lo metteva in gran pensiero l'incertezza di ciò che potesse fare in quella casa. Questa ultima riflessione eccitò l'uomo ad inseguire ancora il fuggitivo. Non è difficile ad un marinajo arrampicarsi lungo una catena di parafulmine, ma quando fu giunto all'altezza della finestra posta alla sua manca, si trovò in grande imbarazzo: tutto quanto potè far di meglio fu drizzarsi in guisa da gettare un'occhiata nell'interno della camera; ma quel che vide gli fece quasi abbandonare il suo sostegno, tanto lo atterrì. Era allora che sorgevano le orribili grida che attraverso il silenzio della notte, svegliarono di un tratto gli abitanti della via Morgue. La signora Espanaye e sua figlia, vestite dei loro abiti da notte, erano senza dubbio intente a riporre alcune cose nel forziere di ferro di cui era fatto parola e che fu trascinato in mezzo.alla camera. Era aperto e tutto il contenuto stava sparpagliato a terra. Le vittime avevano, senza dubbio, le spalle rivolte alla finestra, ed a giudicare dal tempo che trascorse tra l'invasione dell'animale e le prime grida, è probabile che non lo videro a bella prima. Lo sbattere dell'imposta fu probabilmente attribuito al vento.

Quando il marinajo guardò nella camera, il terribile animale aveva afferrato la signora Espanaye per i capelli che eran sciolti e che pettinava, ed agitava il rasojo intorno alla faccia di lei imitando i gesti di un barbiere. La ragazza era per terra immobile, priva di sensi. Le grida, gli sforzi della vecchia signora, mentre la belva le strappava i capelli, volsero in furore le disposizioni probabilmente pacifiche dell'orangutang. Con un colpo rapido del suo braccio muscoloso, esso le separò quasi la testa dal busto. La vista del sangue trasformò il suo furore in frenesia. Digrignava i denti e lanciava fiamme dagli occhi; si fece allora addosso alla giovinetta e le cacciò i terribili artigli nella gola lasciandoveli finch'essa fu morta. Gli occhi suoi, smarriti e selvaggi, caddero allora sul capezzale del letto sopra cui potè vedere la faccia del suo padrone paralizzata dall'orrore.

La furia dell'animale, che senza dubbio si ricordava del terribile staffile, ci volse immediatamente in terrore. Sapendo di aver meritato un castigo, sembrava voler nascondere le tracce sanguinose della sua azione e dava balzi attraverso la camera in un accesso di eccitazione nervosa, mettendo sossopra i mobili ad ogni movimento e strappando i materassi del letto. Finalmente s'impadronì del corpo della ragazza e lo cacciò nel camino nella positura in cui fu trovato; poi di quello della vecchia che precipitò col capo in giù dalla finestra.

Mentre la scimia si accostava alla finestra col suo fardello tutto mutilato, il marinajo, atterrito, si lasciò scivolare lungo la catena senza precauzioni e se ne fuggì di corsa a casa sua, temendo le conseguenze di quell'assassinio atroce, e nel terrore, abbandonando, volontieri l'orangutang al suo destino. Le voci intese dalle persone che venivano su per le scale eran le sue esclamazioni d'orrore e di spavento frammiste alle grida diaboliche della belva.

Non ho quasi nulla da aggiungere. Senza dubbio l'orangutang era fuggito dalla camera per la catena del parafulmine, poco prima che la porta fosse sfondata. Passando dalla finestra, l'aveva rinchiusa evidentemente: fu più tardi ripreso dal proprietario medesimo, che lo vendette a caro prezzo al Giardino delle piante.

Lebon venne subito messo in libertà, dopo che noi avemmo raccontato tutti i particolari dell'assassinio conditi di alcuni commenti di Dupin nel gabinetto medesimo del prefetto di polizia.

Codesto funzionario, per quanto fosse ben disposto verso l'amico mio, non poteva menomamente nascondere il suo malumore vedendo la cosa pigliar tale andamento, e gli sfuggirono detti un pajo di sarcasmi sulla mania delle persone che si impacciano delle sue funzioni.

— Lasciatelo parlare, disse Dupin, che non aveva giudicato opportuno rispondere; lasciatelo cianciare; ciò alleggerirà la sua coscienza; quanto a me sono contento d'averlo battuto sul suo terreno medesimo. Del resto non v'è punto da fare le meraviglie se non ha potuto decifrare questo mistero; la cosa è meno bizzarra di quel che pare, perchè, a dir il vero, il nostro amico, il prefetto, è un po' troppo fino; per esser profondo la sua scienza non ha fondamento, è tutta in testa e non ha corpo, come il ritratto della dea Laverna, e se lo preferite, tutta testa e spalle come un merluzzo; ma in fin de' conti è un brav'uomo e mi piace segnatamente perchè ha saputo farsi una riputazione di uomo di genio colla sua mania di negare quello che è, e di spiegare quello che non è.

UNA DISCESA NEL MAELSTROM

Le vie di Dio, tanto nella Natura quanto nell'ordine della provvidenza, non sono le nostre vie; e i tipi che noi concepiamo non hanno veruna misura comune con la vastità, la profondità e l'incomprensibilità delle sue opere, che contengono in sè stesse un abisso più profondo del pozzo di Democrito.

GIUSEPPE GLANVILL.

Eravamo giunti alla vetta più alta del monte. Il mio vecchio compagno soprastette alquanto, così per ripigliare fiato e rinfrancare gli spiriti a parlare.

— Non è gran tempo (disse alfine) ch'io vi avrei guidato costassù con altrettanta agevolezza quanta ne avrebbe mostrata il più giovane de' miei figli. Ma, or fan tre anni, incolsi in una sì strana avventura quale non è certo toccata mai a verun mortale, tale almeno che nessun uomo giammai sopravvisse a raccontarla; tale, dico, che le sei ore di morte da me in quella passate mi hanno rotto il corpo e l'anima. Me ne accorgo: voi mi credete vecchissimo; e pur io non sono sì tarmato di anni. Valse appena un quarto di giornata per mutare in bianchissimi questi miei già sì lucidi e neri capelli, per indebolire le membra mie e tanto fiaccarne i nervi da tremare ad ogni menomo sforzo, e da essere agghiadato di paura alla vista d'una semplice ombra. Volete crederlo? è gran che, se oso appena da questo piccolo promontorio spingere lo sguardo a basso, senz'essere preso da vertigine. Ma!...

Il piccolo promontorio sulla cui sponda il vecchio erasi trascuratamente sdrajato per riposarsi (in modo che la parte più pesante del suo corpo era fuor di equilibrio, e che non restava preservato da una caduta che dal punto d'appoggio del suo gomito sulla estrema e sdrucciolevole proda della roccia), quel piccolo promontorio, dico, si alzava un mille cinquecento o mille e seicento piedi circa sur un caotico immane ammasso di rocce situate al di sotto di noi: immenso precipizio di granito nereggiante e lucente! Per nulla al mondo io mi sarei voluto rischiare a soli sei piedi da quella spaventosa ripa. E per vero io mi sentiva sì profondamente agitato dalla positura pericolosissima del mio compagno, che mi lasciai andare lungo disteso al suolo aggrappandomi ad alcuni vicini cespugli, senza nemmeno aver forza di levare gli occhi al cielo. E invan mi sforzava di scacciar la importuna idea che qualche furia di vento facesse pericolare in sua base la stessa montagna. Ci volle proprio del tempo per ragionare e trovare il debito coraggio a rimettermi a sedere e spingere lo sguardo nell'immenso spazio.

— Amico — disse la guida — bisogna che non vi lasciate prendere da sì puerili ubbie: che, che! anzi vi ho qui condotto per farvi a tutto vostr'agio contemplare il teatro dell'avvenimento, di cui testè vi diceva, e per narrarvi la mia storia proprio con la stessa scena svolgentevisi sotto gli occhi. Noi siamo ora sulla stessa costa di Norvegia, al 68.° grado di latitudine, nella grande provincia di Nordland e nel lugubre distretto di Lofoden. E la montagna, di cui stiamo in cima, nomasi Helseggen, la Nebbiosa. Ed ora fatevi un po' in qua, qui, accostatevi a quest'erbosa sponda, se vi sentite pigliar di vertigine. Bravo; così. Adesso spingete un po' lo sguardo al di là di quella cerchia di vapori, che ci nasconde il mare fremente ai nostri piedi. Ecco; osservate.

Io mi posi a mirare, e scorsi una distesa di mare il cui colore d'inchiostro mi richiamò a tutta prima in mente il quadro del geografo Nubiano e il suo Mare delle Tenebre.

Era un panorama il più spaventosamente desolato che immaginazione d'uomo abbiasi mai potuto creare. A destra ed a manca, lontano tanto che l'occhio infin vi si perdeva, allungavansi, simili a' bastioni del mondo sconfinati, le linee di un'altissima scogliera, orribilmente nera e minacciante rovina, il cui orrido e cupo carattere era potentemente accresciuto dalla vorticosa rabbia del fiotto, che saliva sino sopra la bianca e lugubre sua cresta, urlando e muggendo eternamente. E, proprio dirimpetto il promontorio, sulla cui vetta noi stavamo assisi, alla distanza di cinque a sei miglia, a mezzo il mare, scorgevasi un'isola dall'atmosfera inospitale, come almeno era lecito inferirlo dagli ammontamenti enormi dei marosi che, frangentisi continuamente la cignean d'ogn'intorno. A due miglia circa più vicino alla terra, si drizzava un altro isolotto più piccolo, orribilmente pietroso e sterile, tutto qua e là cinto di gruppi di rocce nere, acute e taglienti come vetri infranti.

L'aspetto dell'oceano, nella sua distesa limitata tra la spiaggia e la più lontana isola, t'offriva un non so che di straordinario e solenne. Soffiava in quell'istante dalla costa un vento sì forte che un brigantino, quantunque al largo, stava alla cappa con due mani di terzarolo alle gabbie, e talora lo scafo dispariva totalmente; e nondimeno nulla vi era che rassomigliasse a vero fortunale, ma soltanto, e a dispetto del vento una mareggiata viva, presta, volvente per ogni verso; – e schiuma, tranne che in prossimità delle rocce, pochissima.

E il vecchio riprese:

— L'isola, che voi vedete laggiù, è detta dai Norvegi Vurrgh, e quella a mezzo cammino, Moskoe; Ambaaren, l'altra giacente un miglio a nordest. Trovarsi quivi Islesen e Hotholm, e Keildhelm, Suarven e Buckolm. Più lontano – tra Moskoe e Vurrgh – Otterholm, Flimen, Sandflesen e Stockholm. Questi, i veri nomi di quei dintorni: ma, e perchè ho io creduto necessario di darvi tutte queste indicazioni e nomi? Per verità nè io lo so, nè saprei, forse men di voi, comprenderlo. – Ne comprendereste per avventura qualche cosa? Che! Vi accorgereste voi forse ora di qualche cangiamento sulle acque!

Da circa dieci minuti ci trovavamo alla sommità di Helseggen, dove eravam pervenuti partendoci dall'interno di Lofoden, per modo che non ci era stato possibile vedere il mare, se non allora che tutto d'un tratto ci era apparso da quell'altissimo picco. In quella che il vecchio parlava, io ebbi come la percezione di un rumore fortissimo che andava crescendo, simile al muggito d'un'innumerevole mandra di bufali nelle praterie dell'America; e, nel momento stesso scôrsi che ciò che i marinai usano dire carattere di fortunale, rapidamente mutavasi in corrente, la quale muoveva di verso levante: e in quella che l'osservava, prese una rapidità prodigiosa. D'istante in istante la velocità sua raddoppiavasi, la sregolata sua impetuosità, crescendo, si distendeva. E in cinque minuti tutta la distesa del mare sino a Vurrgh venne flagellata da una furia indomabile; ma propriamente, quel rumore d'inferno più tempestava terribile tra Moskoe e la costa. Chè là l'ampio letto delle acque solcato e infranto da mille contrarie correnti, rompeva d'improvviso in frenetiche convulsioni, ansante, bollente, fischiante; contorto in giganteschi, sterminati, vorticosi giri, ruotandosi e piegandosi per intiero verso levante con quella rapidità solenne che solo è dato vedere nelle più alte e grosse cascate di acque.

In capo d'alcuni istanti quella scena assunse un aspetto affatto differente. Tutta quell'immane superficie apparve più unita, i vortici un dopo l'altro scomparvero, mentre qua e là allungavansi prodigiose zone di schiuma sin allora non viste. Le quali dappoi si distesero ad una grande distanza e, mischiate con altre, esse pure passavano in que' celeri e vorticosi giri dileguantisi, formando così come il centro d'un vortice più vasto, più forte. Il quale, d'un tratto, quasi con fulminea rapidità rilevossi e prese una forma distinta e definita in una periferia d'oltre un miglio di diametro. Levavasi sul margine del turbine una larghissima fascia di schiuma tutta fosforescente, luminosa, senza tuttavia che un solo bioccolo se ne spiccasse nella voragine del terribile imbuto, il cui interno per quanto spingervisi potesse l'occhio, rassomigliava ad una muraglia liquida, tersissima, brillantissima e nereggiante, che con l'orizzonte faceva un angolo di 45 gradi all'incirca, volvente sopra sè stessa per l'influsso d'un movimento rotatorio assordante, il quale ripercuotevasi nei cieli a mo' di eco dolente di moltitudine d'anime infinita, spaventosissima lì tra il clamore e il ruggito, tale che la stessa potentissima cateratta del Niagara nelle sue convulsioni non ne lanciò mai di simili contro il cielo.

E il monte in su l'ampia sua base tremava, e il masso si sommuoveva e d'ogn'intorno stranamente l'aria fischiava; ed io mi lasciai andar bocconi, e in un eccesso di agitazione nervosa, mi aggrappai alle intristite erbette.

— Ecco, sclamò infine il vegliardo, come scosso di sùbita invincibil forza, ecco! ciò non può essere altro che il gran turbine di Maelstrom, come usano taluni chiamarlo: ma noi, noi Norvegi lo diciamo il MoskoeStrom, dall'isola di Moskoe, sita a mezzo cammino.

Per vero, le ordinarie descrizioni di simile turbine non mi avevano onninamente preparato alla scena che mi s'offriva dinanzi. Per esempio, quella di Giona Ramus, ch'è forse la più particolareggiata di tutte, non vale a darci la più lieve idea della magnificenza e dell'orrore del quadro, nè della strana, profonda e stupenda sensazione della novità ond'è come annichilito lo spettatore. Invero io ignoro il punto preciso e l'ora in cui ebbelo contemplato quello scrittore; ma certo e' non fu nè dalla vetta di Helseggen, nè durante una tempesta. Hanvi tuttavia in quella sua descrizione certi passi che ne' particolari loro meritano d'essere conosciuti, sebbene assai lontani dal dare un'impressione degna di tanto spettacolo. Eccoli.

«La profondità delle acque tra Lofodon e Moskoe giugne dalle 36 alle 40 braccia; ma dall'altra parte, dalla parte del Verme (vuol significare Vurrgh), tale profondità scema tanto, che una nave non potrebbe trovarvi il passo senza correr pericolo di fracassarsi tra le vive rocce, accidente possibilissimo anco nella più solenne calma. E quando la marea sale, la corrente gettasi nello spazio compreso tra Lofoden e Moskoe con una tumultuosa rapidità; e allora il terribile ruggito del suo riflusso viene a mala pena uguagliato dal ruggito delle più alte e più orribili cateratte, e il rumore si distende a più leghe, lontan lontano, e i vortici o gorghi cavernosi sono di tale distesa e di tanta profondità che se per caso una nave o bastimento entrasse nel raggio della loro attrazione, ne verrebbe inevitabilmente scosso, aggirato, inghiottito e tratto al fondo, ed ivi mandato in mille frantumi tra le taglienti infinite punte delle rocce; poi, con la calma della corrente, rivomitati gli infelici resti alla superficie. Ma cotesti intervalli di calma non avvengono che tra il flusso e il riflusso, in tempo quietissimo, e non durano oltre il quarto d'ora; e dappoi la violenza della corrente grado grado ritorna.

«E quando maggiormente freme, si gonfia e bolle e che la sua forza s'accresce per la forza della tempesta, riesce pericoloso avvicinarsegli anco ad un miglio norvego di distanza. Tartane, brigantini, navi, barche e galleggianti d'ogni sorta sonovisi veduti attratti per non aver usato le precauzioni debite, in prossimità del raggio di quell'azione trapotente. Accade pure di spesso che qualche balena inaccortamente accostandosi alla corrente, avvinta tosto dalla violenza, vada stranissimamente scempiata: e allora è impossibile il descrivere i muggiti assordanti, gli urli feroci de' suoi vani ed estremi sforzi.

«Una volta, un orso, in quella che passava a nuoto lo stretto tra Lofoden e Moskoe, fu sorpreso dalla corrente e tratto al fondo, e tanto orribilmente acuti furono i suoi urli e fremiti che udivansi persino dalle lontane rive. Tronchi immani di pini e abeti, avvolti ed inghiottiti dalla corrente, riappariscon qua e là rotti e sminuzzati, quasi cespiti, virgulti o fili d'erbe sospintivi. Lo che chiaramente significa che il fondo è tutto armato di acute punte contro cui percuotonsi, infrangonsi e sminuzzansi que' corpi: e questa corrente è regolata dal flusso e riflusso del mare, che costantemente avviene di sei in sei ore. Nel 1645, la domenica di Sessagesima, di primissimo mattino, precipitossi con tal impeto e fracasso, che se ne smossero e staccarono persino pietre dalle abitazioni della costa.»

Quanto poi alla profondità delle acque io non comprendo invero in qual modo se ne abbia potuto far giusto calcolo nelle vicinanze immediate del vortice. Le quaranta braccia dovrebbero solamente riferirsi alle parti del canale che sono prossime alle rive di Moskoe, o a quelle di Lofoden. Al centro del MoskoeStrom la profondità dovrebb'essere immensamente più grande; e, per averne certezza, basta spingere una obliqua occhiata nell'abisso del voraginoso gorgo di su la più alta vetta di Helseggen. Dall'alto di quel picco spingendo il mio sguardo in quel mugghiante Flegetonte, non poteva restarmi dal sorridere alla grande semplicità con cui il buon Giona Ramus racconta come cose difficili a credersi i suoi aneddoti degli orsi e delle balene; avvegnachè mi paresse cosa di per sè tanto evidente, che il più grande vascello di linea, toccando il raggio di quell'attrazione infernale, dovesse necessariamente perdere ogni resistenza, o almeno tanta ritenerne quanto è quella di lievissima penna in balia del vento, e così sparire ingolfato d'un tratto nel profondo baratro.

Le spiegazioni date di questo fenomeno (di cui alcune bastevolmente plausibili alla lettura) mostravano adesso un aspetto molto diverso ed assai poco soddisfacente. E la spiegazione accolta in generale è che, a guisa dei piccoli vortici delle isole Feroë, «cotesto tragga la sua vera origine dalle ondate ascendenti e discendenti, dal flusso e riflusso, lungo un banco di rocce che urta ed addensa le acque, e le sospinge violento in cateratta; in modo che quanto più la marea s'innalza, e tanto più la caduta è profonda, e che ne viene naturalmente a risultare una tromba immane, un vortice straordinariamente disteso, la cui prodigiosa potenza d'attrazione o assorbimento è bastantemente chiarita dai più comuni esempi.» Tali le parole dell'Enciclopedia britannica.

Ma Kirker ed altri pensano che a mezzo del canale di Maelstrom siavi un abisso, il quale attraversando il globo, riesca in qualche plaga incognita, lontanissima; – sì che una volta fu persino designato con molta leggerezza il golfo di Botnia. La quale opinione, certo assai puerile, era tuttavia quella cui, nel mentre io osservava dall'altissimo picco lo spettacolo, la mia immaginazione desse molto più volontieri il suo assenso. E, avendola manifestata alla mia guida, restai molto meravigliato udendola dirmi che sebben tal fosse appunto l'opinione dei Norvegi su quest'argomento, ei nullameno la pensava diversamente. A proposito poi di tale idea, francamente confessò, essere incapace di comprenderla, ed io finii per restare d'accordo con lui; chè per quanto essa possa parere concludente sulla carta, in fin fine diviene assolutamente inintelligibile ed assurda di fronte al fulmine dell'abisso.

— Ed ora, — mi disse qui il buon vecchio — ora che avete ben contemplato il vorticoso gorgo, se credete con precauzione lasciarvi scorrere dietro cotesta roccia, sottovento, tanto per mitigare il frastuono delle acque, io vi narrerò una storia per cui rimarrete convinto ch'io ne so pur qualche cosa, io, del MoskoeStrom!

Mi postai come gli parve, ed ei prese a dire:

– Una volta, i miei fratelli ed io possedevamo una goletta della portata di circa settanta tonnellate, con cui ordinariamente andavamo a pescare tra le isole al di là di Moskoe, presso Vurrgh. Purchè colgasi il momento opportuno, e che non difetti il coraggio all'impresa, ogni violenta agitazion di mare suole arrecare buona pesca: però, tra tutti gli abitatori della costa di Lofoden, noi tre soli facevamo l'ordinario mestiere di navigare, come vi dissi, alle isole. Ma le pescagioni ordinarie fannosi assai più a basso, verso mezzodì. Vi si piglia pesce, in ogni tempo senza molto correre pericoli, e naturalmente quei paraggi ottengono la preferenza: se non che da questa parte, tra le rocce, i siti della scelta non solo dan pesce di miglior qualità, ma ed anco in quantità maggiore; e tanto, che di spesso, noi arditi ne pescavamo in un sol giorno quanto i timidi del mestiere riuscissero a prenderne tutt'assieme in una settimana. Insomma, era quella per noi una specie di speculazione audace, disperata, dove il rischio della vita compensava la fatica, e il coraggio era a luogo del capitale.

Ricoveravamo la nostra barchetta in una cala a cinque miglia più in alto di questa; e, nel bel tempo, usavasi trar profitto del respiro di quindici minuti per ispingerci a traverso il canale principale del MoskoeStrom, molto al di sotto del vortice, recandoci a gittar l'àncora in qualche sito delle vicinanze d'Otterholm, o di Sandflesen, dove i sobbollimenti manifestavano minor violenza che altrove. E là, d'ordinario, ci posavamo in attesa di levar l'àncora e far ritorno alle nostre case, su per giù sino all'ora della quiescenza delle acque. Tuttavia ci commettevamo sempre a così fatta spedizione con un buon vento a mezza nave per l'andata e pel ritorno (un vento su cui potevamo contare per rifar la via), al quale proposito rare, ma ben rare volte non cogliemmo il giusto punto. In sei anni, due volte solo ci fu mestieri passar la notte all'àncora in séguito di perfetta bonaccia, caso per vero rarissimo in quelle spiagge: altra volta poi restammo a terra quasi un'intiera settimana mezzo morti di fame, in causa di una folata di vento che misesi poco dopo il nostro arrivo, rendendo il canale troppo agitato perchè noi potessimo avventurarci alla traversata. Nella quale circostanza, non ostante ogni sforzo, noi saremmo stati spinti ben al largo, avvegnachè le ondate ci balzasser qua e là con tanta violenza che noi avremmo dovuto in fine arar sull'àncora rotta, se non fossimo capitati in una delle innumerevoli correnti che si formano oggi qui e domani altrove, la quale ci trasse a sottovento di Flimen, dove, per fortuna, potemmo dar fondo.

Nè vi narrerò la millesima parte dei pericoli da noi corsi in quelle pescagioni (una brutta spiaggia in mia fede anche col tempo più bello); ma invero avevamo sempre modo di sfidare senz'accidenti il MoskoeStrom famoso: eppure, molte volte sentii arrestarmisi i battiti del cuore; quando m'accorgeva d'essere d'un minuto innanzi o indietro della temporanea bonaccia. Talvolta poi il vento non era sì vivo come lo speravamo nel porci alla vela; ed allora avanzavamo men lesti che non l'avremmo voluto, mentre la nostra barca riusciva difficilissima ad essere governata per la corrente.

Il mio maggior fratello aveva un figlio dell'età di diciotto anni; ed io, per conto mio, due giovinotti molto valenti; i quali, in simili casi, ci sarebbero proprio stati di grande ajuto, sia per dar bene nei remi, sia per la pesca di poppa. Però, se noi di nostra piena volontà commettevamo le nostre vite alla sorte, non ci reggeva il cuore di lasciar affrontare un tanto pericolo da quelle giovani esistenze; poichè infine, considerato il tutto, quello era un gran brutto pericolo: e per verità, ve lo affermo, lo era!

Udite.

Saranno omai tre anni, o forse qualche giorno meno, che avvenne quanto or ora sono per dirvi.

Era il 10 di luglio 18…., giorno che gli abitatori della contrada non iscorderanno mai; poichè in esso rovinò una sì terribile tempesta, quale giammai ne versarono le cateratte del cielo. Nondimeno tutto il mattino, ed anzi molto tempo ancora dopo il mezzodì, noi avevamo avuto bello e assai propizio vento di sudovest, con un sole davvero superbo, tanto che il più vecchio lupo di mare, nonchè prevedere, non avrebbe neanco sognato la scena di cui dovevamo essere attori ad una e spettatori.

Tutti e tre, i miei due fratelli ed io, avevamo attraversato le isole in su le due ore circa dopo il meriggio; e in breve la nostra barca fu carica di bellissimo pesce, in tale quantità (e l'avevamo anzi notato tutti e tre) che mai la maggiore. Erano le sette in punto al mio orologio, quando levammo l'àncora per fare ritorno, calcolando, giusta la pratica, di fare il più pericoloso della traversata dello Strom appunto nel tempo della massima bonaccia, che noi sapevamo essere in su le otto ore.

Partimmo con buon vento largo sulla destra e per qualche tempo camminammo velocemente, e senza una idea al mondo di pericolo; chè, per vero, nulla vi era che apparisse tale da metterci in apprensione. D'un tratto fummo colpiti da rabida raffica di vento di prora che veniva da Helseggen. Accidente davvero straordinario, cosa che non ci era mai e mai accaduta; ond'io cominciai a sentirne un po' d'irrequietezza, senza per vero rendermene esattamente ragione. Noi agguantavamo al vento ma non riuscimmo a spingerci innanzi, ed io stava per proporre di ritornare alla cala, quando, osservato dietro di noi, vedemmo l'orizzonte avvolto d'una nebbia singolare, color di rame, che con velocità meravigliosa saliva.

Nello stesso tempo il vento che ci aveva côlto di prora, cessò e, sorpresi allora da pienissima bonaccia, restammo in balìa di tutte le correnti; il quale stato di cose non perdurò tanto da poterci neanco rifletter sopra. In meno d'un minuto il cielo si era intieramente mutato, – e d'un tratto venne poi sì nero, che tra le nebbie che s'addensavano fra noi, non ci era più possibile distinguere le stesse nostre persone.

Volervi descrivere un sì fatto colpo di vento sarebbe vera follia. Nessun marinaio di Norvegia, per quanto esperto e vecchio nell'arte non ebbe mai a toccarne di simili. Prima però che ci cogliesse quell'émpito, noi avevamo serrato ogni vela; e nullameno sin dalla prima raffica i nostri due alberi, come se d'improvviso segati ai piedi, rovinando, caddero al mare, de' quali il maggiore trasse seco di peso il mio più giovane fratello, che con vana prudenza eravisi a tutta prima aggrappato.

Francamente, posso affermarvi che non vi fu mai nessun battello più agile nè più perfetto del nostro a solcare la infida superficie del mare. A livello del ponte eravi nel dinanzi un piccol boccaporto che per vecchia e costante nostr'abitudine nell'attraversare lo Strom soleva sempre essere chiuso, – precauzione eccellente in un mar tanto incerto.

Nella qual circostanza tuttavia saremmo andati di primo colpo sommersi, poichè in un attimo restammo letteralmente sepolti nelle acque: in qual modo poi sia sfuggito alla morte il mio maggior fratello, non lo saprei dire, sì come giammai non me lo seppi spiegare. Quanto a me, non sì tosto ebbi lasciato l'albero di trinchetto, mi era buttato boccone sul ponte co' piedi appuntati alla murata di prua, le mani aggrappate ad una chiavarda, prossima al piè dell'albero di trinchetto.

Lo che aveva fatto solo per semplice istinto (ed era stato senza dubbio il meglio che potessi fare), poichè troppo mi trovava stupidito per avere idee.

Come dissi, durante alcuni minuti restammo innondati completamente, nel qual tempo tenni affatto il respiro e mi aggrappai per disperazione all'anello. E quando sentii ch'io proprio non poteva più durarla senz'esserne soffocato, mi rizzai sulle ginocchia, sempre però tenendomi assicurato con le mani; e scaricai la mia testa.

Allora il nostro piccolo battello si scosse vivamente come di per sè, proprio a guisa d'un cane ch'esca fuor d'acqua, e levisi in gran parte sul livello delle acque. Ed io feci uno sforzo per iscuotere da me il fitto stupore ond'era avvolto, e per riacquistare bastevolmente i miei spiriti, per vedere insomma ciò che potevasi fare, allorchè sentii come una mano di ferro agguantarmi nel braccio. Era il mio maggior fratello; il cuore mi balzò di gioja, poich'io credeva ch'egli fosse scivolato di sopra il ponte: ma, un momento dopo, quella gioja intensa mutossi in un orror di dannato, quando, cioè, ei stesso accostando la sua bocca al mio orecchio vi susurrò questa parola: Il MoskoeStrom!

È impossibile che uomo arrivi mai a concepire i pensieri passatisi in me in quell'istante; impossibile, dico! Tremai da capo a' pie' come se tòcco ripetutamente di forza misteriosa, o come se preso da violentissimo accesso di febbre. Aveva compreso quanto bastasse la significanza di quella parola il MoskoeStrom! Io sapeva pur troppo quanto mi volesse significare! Dal vento ch'ora ci spingeva, noi eravamo spinti nel vortice terribilissimo. Nulla e nessuno ci poteva più salvare! Vi ho ben detto che, quando traversavamo il canale dello Strom, noi tenevamo una linea assai discosta dal vortice, anche nel tempo della più perfetta calma, e che, oltre ciò, stavamo attentissimi e nell'attendere e nello spiare la quiete della marea: ma in allora eravamo spinti dritti dritti nella gola della tromba fatale, e con una tempesta così fatta! – E noi, pensava, per certo vi perverremo al momento della bonaccia momentanea; evvi, là, ancora un filo di speranza: – ma un momento dopo intimamente disprezzava me stesso, d'essere stato sì folle d'avere ancora sognato qualche speranza. Scorgeva, e n'era perfettamente convinto, che il nostro fine era segnato, fossimo pure stati sul più grande vascello della prima nazione del mondo.

In questo momento il furor primo della tempesta era cessato, o forse noi non lo sentivamo più tanto così, spinti com'eravamo rapidissimamente: ma il mare, domo in breve dal vento, piano e schiumeggiante rizzavasi su su in vere montagne. E un cangiamento singolarissimo era avvenuto nel cielo.

Per ogni verso, d'intorno a noi continuava sempre, ma su alto alto, una grande zona nera nera nera come pece fitta; e sopra le nostre teste appariva una apertura circolare, un cielo chiaro, limpido come non l'ebbi mai visto in mia vita, d'un azzurro brillante, carico; e traverso quel buco meraviglioso, magnificamente splendeva la luna piena, con fulgore insolito, non mai apparso. La quale rischiarava ogni oggetto a noi circostante con purità tersissima, con cristallina trasparenza, mirabilissima. Oh, mio Dio, mio Dio, quale scena a' nostri occhi!

Per ben due volte disperatamente mi sforzai di parlare al fratello: ma, senza che potessi darmene ragione, il frastuono era tale, che non riuscii a fargli capire una mezza sillaba, quantunque io gridassi nel suo orecchio con tutta la forza de' miei polmoni. D'un tratto ei scosse la testa, si fe' pallido come la morte, e spiegò su un dito come per dirmi: Ascolta!

Lì subito non ben compresi ciò ch'ei mi volesse dire; ma tosto, d'un tratto, un orribile pensiero mi balenò in capo. Trassi di tasca il mio orologio, ed osservai. Era fermo. Io fissava il quadrante al chiaro della luna, e poco dopo amaramente singhiozzando il lanciai da me lontano nell'oceano. L'orologio si era fermato su le sette ore! Noi avevamo lasciato passare il riposo della marea, e il turbine dello Strom trovavasi nella piena sua furia!

Allor che un bastimento è ben costrutto, provvisto del necessario, nè troppo carico, le ondate, sotto un gran vento, e s'ei trovasi al largo, pajon sempre voler prorompere di sotto la chiglia – fatto molto strano a' non pratici del mare – lo che in lingua di bordo suol dirsi andar di bolina. Il che andava bene sin tanto che noi correvam sull'ondata, ma attualmente un gigantesco mare ci coglieva alle spalle, sollevando i suoi flutti alto, alto, alto, quasi per lanciarci su 'n cielo. Nè io avrei mai creduto che un'ondata potesse salire tant'alto. E dappoi scendevamo descrivendo una curva, uno sdrucciolo, un tuffo, che mi dava la nausea e le vertigini, come quando in sogno cadesi dall'altezza sterminata di una montagna. Ma dalla cresta sublime di quei marosi, rapido qual lampo, io aveva discorso d'ogn'intorno lo sguardo, e quell'occhiata istantanea erami bastata; bastò quell'attimo a disvelare tutta l'orribil nostra posizione. Il vortice del MoskoeStrom trovavasi, in dirittura, d'innanzi a noi un quarto di miglia circa, ma e' tanto poco s'assomigliava al MoskoeStrom di tutti i giorni, quanto il turbine che voi vedete ora si assomiglia a' rivolgimenti d'un molino. Se io non avessi saputo dove eravamo e ciò che era da aspettarci, confesso che non avrei riconosciuto il sito. E tale mi apparve, che issofatto gli occhi si chiusero involontariamente per orrore, e le mie palpebre rimasero come incollate di spasimo.

In men di due minuti ci accorgemmo che il fiotto erasi calmato, e allora fummo tutti avvolti in biancicante schiuma. Il battello prese bruscamente un'orzata a sinistra, e guizzò da questa nuova direzione come fulmine. Contemporaneamente, il ruggito delle acque si perdette in una specie di clamore acuto, un suono tale che potrebbesi concepire figurandosi più e più migliaja di vaporiere, aperte al medesimo istante, dar libero sfogo agli addensati vapori. Ci trovavamo allora nella rigonfia zona che accerchia costantemente il baratro; e naturalmente io temeva che tra un secondo saremmo spariti nell'abisso, il cui fondo scorgevasi in confuso, tanto cioè quanto ci concedeva di vedere la prodigiosa velocità ond'eravamo tratti. Nè il battello sembrava solcasse le acque, ma appena appena rasentassele, simile a bolla d'acqua volteggiante sulla superficie dell'onda. La bufera ci soffiava da destra, e a sinistra rizzavasi l'immenso oceano da noi trascorso, il quale sembrava una muraglia immane contorcentesi tra noi e l'orizzonte.

Può sembrarvi strano, eppure, quando ci trovammo nella stessa gola dell'abisso, sentii rimettermisi un po' più di sangue freddo, più di quanto ne avessi avuto man mano che mi vi appressava. Morto affatto alla speranza, mi trovai come sciolto d'una gran parte di quel terrore ond'era stato da principio fulminato. Anzi io penso che la disperazione stessa irrigidisse i miei nervi.

Probabilmente voi prenderete queste cose come una millanteria; ma, in fede di cristiano, vi narro la verità pretta pretta: ed io cominciava a immaginare qual veramente stupenda cosa si fosse il finire in un simile modo, e quanto fosse stolto, nè per me dicevole occuparmi d'interesse sì volgare qual era quello della mia individuale conservazione, al cospetto d'una così bella manifestazione della potenza di Dio. E penso che me ne salisse il rossore alla fronte quando tale idea mi lampeggiò nello spirito: — alcuni istanti dopo io venni invasato dalla più ardente curiosità rispetto al vortice medesimo. E provai realmente il derío, l'intenso desiderio d'esplorarne i profondi abissi, dovesse pure esserne prezzo il sacrifizio di me stesso; solo ed unico mio rammarco il pensare che tuttavia non mi fosse dato raccontare a' miei vecchi camerati i misteri che eran lì lì per aprirmisi. Certo, quelli eran pensieri singolari per tenere occupato lo spirito di un uomo che trovavasi a tali estremi; — e lo confesso, da allora ho pensato più volte che i giri del battello intorno l'abisso mi avessero un po' tolto di capo il senno.

Nullameno una circostanza contribuì a rimettermi nella signoria di me stesso; e fu la completa cessazione del vento, che, al punto ove omai ci trovavamo, non giugneva più a colpirci: chè, come potrete giudicarlo di per voi stesso, la suddetta zona di schiuma trovandosi notevolmente al di sotto del natural livello dell'oceano, questo, in quella nostra postura, ci si levava sopra a mo' della cresta di alta e nereggiante montagna. E se non vi trovaste mai in mare nelle furie di forte tempesta, voi non potete farvi un'idea delle agitazioni dello spirito, deste per la simultanea azione del vento e delle nebbie. Tutto ciò vi acceca, vi sbalordisce, vi affoga togliendovi ogni facoltà di oprare e di riflettere. Ed ormai noi ci sentivamo grandemente sollevati di tutti questi fastidi – simili agl'infelici dannati nel capo, cui accordasi in prigione qualche lieve special favore, solito a negarsi innanzi il proferimento della sentenza.

Mi sarebbe impossibile il dirvi quante e quante volte, saettati da quella forza infernale, siasi da noi fatto il giro della zona strana. Vagammo, circolando sempre, per non meno d'un'ora: anzichè galleggiar su flutti, scivolavamo, sguizzavamo, volavamo, sempre più accostandoci al centro del turbine, e sempre più vicini all'affamata sua bocca.

Intanto, in tutto questo tempo, le mie mani erano sempre state aggrappate alla chiavarda; mio fratello maggiore, più in dietro, tenevasi ad un piccolo barile vuoto, sodamente fisso sotto la vedetta, dietro la chiesola: era il solo oggetto a bordo che non fosse stato spazzato quando fummo assaliti dalla prima furia del vento.

In quella che ci apprestavamo all'argine di questo pozzo semovente, e' lasciò il barile tentando d'afferrare l'anello che, nell'agonia del terrore, voleva strappare dalle mie mani, e che non era però tanto largo da poter con sicurezza servire ad entrambi. In mia vita, io non sentii dolore simile a quello da me provato allor che scorsi mio fratello tentare così fatta azione, quantunque ben vedessi che, allora, egli era fuor de' sensi, e che il solo spavento avevalo renduto furioso. Tuttavia non istetti a disputargli il posto. Ben sapeva quanto poco importasse il tenere l'anello; e quindi mi spiccai dalla chiavarda, e m'afferrai al barile, di dietro. Nè v'era molta difficoltà a compiere questa mossa, avvegnachè il battello scorresse circolarmente molto eguale, e perpendicolare alla sua chiglia, spinto soltanto talvolta qua e là dalle immense ondate e da' subbollimenti del turbine. Ma non sì tosto mi fui acconciato in quella nuova postura, che un violento abbrivo di destra mi trabalzò all'ingiù, e noi demmo di botto del capo nell'abisso. Mormorai a Dio una rapida prece, certo ora che il tutto dovev'essere finito.

Siccome pativa assai l'effetto dolorosamente nauseabondo della discesa, aggrappatomi instintivamente al barile con maggior energia, aveva chiuso gli occhi; nè per alcuni secondi osai più aprirli, in attesa di una istantanea fine, e quasi già meravigliato di non sentire ancora gli ultimi affanni dell'affogamento. Ma passavano i secondi, passavano, passavano, ed io era sempre in vita. Cessata qui la sensazione della caduta, il moto del battello rassomigliava nuovamente a quel di prima, allora, cioè, che ci eravamo immessi nella zona di schiuma, ad eccezione che adesso pigliavamo più il largo nel giro della zona circolante. Ripreso animo osservai una volta ancora la scena maravigliosa.

Non dimenticherò mai le sensazioni di spavento, d'orrore e d'ammirazione da me provate spingendo lo sguardo a me d'intorno. Il battello pareva, come per incanto, sospeso a mezza via di sua caduta sulla interna superficie dell'imbuto di ampiissima circonferenza, di prodigiosa profondità, le cui pareti, mirabilmente terse, si sarebbero scambiate per ischietto ebano, se non fosse stata l'abbagliante velocità con cui giravano sopra sè stesse, e lo scintillante orribile splendore che rifrangevano sotto i raggi della luna piena, i quali, come dissi, da quell'altissimo circolar pertugio piovevano in pioggia d'oro e di luce mirifica lungo quelle nere pareti, penetrando sino ne' più imi gorghi del cupo abisso.

Sulle prime, io era troppo sconvolto per notare ogni oggetto con giusta esattezza. Tutto quanto io aveva potuto osservare consisteva nello spettacolo subitaneo, immane, completo di una magnificenza unica, che mi aveva sbalordito: non sì tosto ritornai in me, il mio occhio si spinse istintivamente verso l'abisso. Nella quale direzione invero io poteva spingere lo sguardo liberissimamente, appunto per la situazione del battello, che rimaneva librato sull'inclinata superficie del pozzo. E sempre il mio legno scorreva sulla sua chiglia, sempre, in maniera che il suo ponte faceva un piano parallelo a quello dell'acqua formante come una scarpa inclinata oltre i 45 gradi, onde pareva che noi ci reggessimo sul nostro fianco. Nella quale situazione rilevava eziandio come omai, a tenermi con le mani e co' piedi, io non durassi maggior disagio che se mi fossi trovato sur un piano orizzontale; lo che, suppongo, dipendeva dalla massima velocità con cui giravamo.

Pareva che i raggi della luna cercassero l'imo fondo dell'immenso abisso; e, tuttavia, nulla io poteva scernere di distinto a motivo della fitta nebbia ond'erano avvolte tutte le cose, sulla quale libravasi uno stupendo arco baleno, simile allo stretto e minaccevol ponte che i Musulmani tengono essere l'unico passaggio tra il Tempo e l'Eternità. La quale nebbia o schiuma era naturale effetto del conflitto delle sterminate muraglie dello imbuto strano, colaggiù nell'imo baratro, dov'esse, urtando, cozzavano sbrizzandosi vorticosamente. Nè io mi sento capace di descrivervi l'urlo incessante che da que' baratri levavasi tra quella nebbia al cielo.

Il nostro primo sdrucciolar nell'abisso ci avea tratti – a partir dalla schiumosa zona – ad un'immane distanza su la china: ma l'ulterior nostra discesa avvenne su per giù in modo piuttosto uguale, cioè non tanto rapido. Scorrevamo sempre, sempre, circolarmente, non più con moto uniforme, ma a slanci e scosse assordanti che ora ci balzavano a un centinajo di iarde ed ora ci facevano persin compiere un'intiera rivoluzione sulla bocca del vortice. E ad ogni nuovo giro ci accostavamo alla voragine, lentamente, è vero, ma in modo sensibilmente graduato.

E con l'occhio discorsi la superficie dell'ampio deserto di ebano da noi solcato, e mi accorsi come la nostra barca non fosse il solo oggetto attratto nelle spire del vortice. Di sopra e sotto di noi scorgevansi avanzi di navigli, e grossi pezzi d'armature di navi, e buon numero d'oggetti vari, frammenti di mobilie, di bauli, di barili, di doghe, ecc. Vi ho diggià detto la curiosità soprannaturale in me sottentrata ai terrori primitivi; ma qui mi pareva ch'essa si fosse accresciuta in proporzione che mi avvicinava all'orribile mio destino quindi mi diedi ad osservare con istranissimo interesse i numerosi e molteplici oggetti che galleggiavano in nostra compagnia. Bisognava ch'io fossi preda del delirio, poichè devo confessare che provava una specie di piacere in calcolare le relative velocità della loro discesa verso il turbine di schiuma.

E una volta giunsi persino a dire: Ecco, quell'abete là sarà il primo di tutti noi a far l'orribile tuffo, e a scomparire; – e mi trovai poscia molto piccato, scorgendo che un bastimento mercantile olandese lo aveva preceduto ed era piombato nel fondo. Col tempo, dopo varie congetture di simil natura, sempre erronee, – questo fatto, il fatto cioè del continuo error de' miei calcoli, – aprimmi un altr'ordine di riflessioni, che nuovamente scossero ogni mio membro e fecero più penosamente pulsare lo stremo mio cuore.

Non era più un terrore nuovo che mi assalisse ancora, ma sì il barlume d'una speranza assai più commovente, speranza che in parte veniva dalla memoria, in parte dall'osservazione presente. Mi rammentava l'immensa e varia quantità di oggetti e resti di naufragio che coprivano le coste di Lofoden, stati assorti e rivomitati dal MoskoeStrom; articoli quasi tutti rotti nel modo più straordinario e violento, sfregati, rôsi, scanalati nelle più strane fogge, tanto che parevano tutti coperti di punte e di schegge. E nullameno distintissimamente ricordavami come ve ne fossero di tali che avean poco o punto perduto la prisca lor forma. Della quale differenza, allora, non mi sapeva dar ragione se non che supponendo tali disformati frammenti fossero i soli stati completamente inghiottiti, – e gli altri entrati nel turbine in un periodo già assai innanzi della marea, o che, attrattivi, fossero per una od altra causa, potere od influenza, secondo il caso, così lentamente discesi da non toccare il fondo pria del ritorno del flusso o del riflusso. Era, insomma, giunto a capire come, ne' due casi, fosse stato possibile ch'essi fossero risaliti per nuovi ed opposti vortici di reazione sino al livello dell'oceano, evitando così la sorte di quelli che, attratti ne' primi momenti, erano stati più rapidamente inghiottiti.

Allora feci queste tre importanti osservazioni: la prima – regola generale – che, più grossi erano i corpi, e più rapida diventava la loro discesa: la seconda, che, date due masse di estensione uguale, sferica l'una e l'altra non importa di qual altra forma, la celerità della discesa era maggiore nella sferica: la terza che, avute due masse a volume uguale, cilindrica l'una e l'altra di qualsiasi altra forma, il cilindro veniva ad essere inghiottito più lentamente.

Scampato poi dal pericolo, varie volte tenni ragionamento su tale subbietto con un vecchio maestro di scuola della provincia, dal quale appunto imparai l'uso della parola cilindro e sfera. E mi spiegò (spiegazione ch'io scordai), che quanto aveva osservato era la natural conseguenza della forma dei resti galleggianti; e dimostrommi che un cilindro, avvolgendosi in un vortice offriva più resistenza ad essere inghiottito e veniva attratto con maggior difficoltà d'un corpo di qualunque altra forma e di volume uguale.

Vi era eziandio una circostanza assai notevole che aggiugneva gran forza a queste osservazioni, eccitandomi disio di verificarle: ed era che, ad ogni nostro giro passavamo avanti ad un barile o ad un'antenna o ad un albero di nave; e che la maggior parte di simili oggetti natanti al nostro livello quando aveva per la prima volta aperto gli occhi su' portenti del vortice, ora si trovavano assai al di sopra di noi, e pareva si fossero pochissimo scostati dalla primitiva loro situazione.

Non esitai più sul da farsi.

Risolvetti d'attaccarmi con confidenza al carratello, cui tenevami sempre abbracciato, mollare il cavo ond'era tenuto alla gabbia, e d'avventurarmi con esso alle onde. E con segni mi sforzai di trarre l'attenzione del fratello su' barili natanti, che discorrevanci d'attorno, usando tutto quanto seppi e potei per fargli capire questa risoluzione. Mi parve infine ch'egli avesse indovinato il mio disegno; ma, avessolo o no afferrato, scosse senza speranza la testa, e rifiutò di lasciar il suo posto presso l'anello. Violentarlo e trarlo a me, impossibile; e, ogni perdita di tempo, fatale. Per lo che con angoscia straziante l'abbandonai al suo destino affidandomi al carratello col cavo ond'era legato alla vedetta; e, con piena risoluzione, mi spinsi con esso in mare.

E il risultamento soddisfece pienamente le speranze. E poi ch'io medesimo vi narro questa storia, io, che vedete scampato dal pericolo; e poichè omai v'è noto il mezzo di salvamento da me impiegato, da cui per certo potete facilmente prevedere quanto potrei ancora svelarvi; io, abbreviando il racconto, tirerò diritto alla fine.

Era passata circa un'ora da che io aveva abbandonato il battello, quando questo, disceso a un'immensa distanza al di sotto di me, compì uno dopo l'altro tre o quattro giri velocissimi, e, trasportando il mio carissimo fratello, infilò direttamente e per sempre nel caos della schiuma. Il barile, cui io era avvinghiato, galleggiava quasi a mezza via tra il fondo del baratro e il sito dond'erami slanciato dal battello, allora che un notevolissimo cangiamento manifestossi nel carattere del turbine. Man mano le pareti dell'imbuto infernale perdettero quell'eccessivo loro sdrucciolo, e grado grado i lor giri scemarono di velocità e forza; e andate bel bello in dileguo la schiuma e l'arcobaleno, il fondo del baratro parve lentamente sollevarsi.

Il cielo era chiaro e calmo era il vento, e la luna piena superbamente calava a ponente, quando mi trovai alla superficie dell'oceano, proprio in vista della costa di Lofoden, in su lo spazio dove, poco fa era stato il vortice del MoskoeStrom. Era l'ora della bonaccia temporanea, ma il mare per effetto della tempesta continuava a sollevarsi in ondate grosse e distese. Venni violentemente spinto nel canale dello Strom, e pochi minuti dopo gittato sulla spiaggia, nella pescheria; dove, rifinito di stenti e d'affanno, fui raccolto da un battello: se non che, or ch'era passato il pericolo, l'orrore di tante cose viste e sofferte aveami reso muto.

Quelli che mi trassero a bordo eran tutti vecchi miei camerati di mare, miei compagni di tutti i giorni; ma essi non mi riconobbero, quasi fossi stato un viaggiatore ritornato dal mondo degli spiriti. I miei capelli, neri il giorno prima, neri com'ala di corvo, s'eran fatti bianchi come vedete; e mi dissero che tutta l'espression della mia fisionomia s'era cangiata. Io narrai loro la mia storia, ed essi non la vollero credere: ed ora che l'ho raccontata a voi oso appena sperare che mi darete più fede dei pescatori di Lofoden.

BERENICE

Dicebant mihi sodales, si sepulcrum amicæ

Visitarem, curas meas aliquantulum fore levatas.

EBN ZAJAT.

Molti sono i nostri mali; – la miseria in questa breve vita è grande e di ogni forma. Questa dominando il vasto nostro orizzonte, a guisa dell'arcobaleno, mostra i suoi colori distinti e svariatissimi, che tuttavia sono tra loro intimamente uniti e fusi. – Ho detto: «Dominando il vasto nostro orizzonte a guisa dell'arcobaleno»? E come mai da un esempio di beltà celeste ho io potuto trarre un tipo di schifosa bruttezza? Come dal simbolo di alleanza una similitudine del dolore? Allo stesso modo che nella filosofia il male è figlio del bene, così – nella realtà – dalla gioja scaturisce l'affanno, o sia che il ricordo del passato formi l'angoscia del presente, o sia che le agonie che esistono piglino le origini dalle estasi che possono essere esistite.

Racconto una storia la cui essenza è piena d'orrore. E, per verità, la tacerei molto volentieri, se non fosse piuttosto una cronaca di sensazioni anzichè di fatti!

Il mio nome di battesimo è Egeo; quello della famiglia no' l dico. Non v'è in paese castello più ricco di gloria o vecchio d'anni della malinconica ed antica dimora de' miei padri. Ivi da immemorabile tempo la mia famiglia era tenuta per una razza di visionari; il fatto è, che in molte particolarità strane e meravigliose, – nel carattere della nostra casa feudale, negli affreschi della grande sala, – nelle tappezzerie delle camere – nelle cesellature delle colonne della sala d'armi, – e più specialmente nella galleria de' vecchi quadri, – nella fisionomia della biblioteca e nella natura tutta speciale de' suoi oggetti – in tutto questo, dico, v'era, e v'è in abbondanza di che giustificare tal credenza.

I ricordi de' miei primi anni sono intimamente legati a questa sala e a' suoi molti volumi, – di cui non farò più parola. È là dove morì mia madre; ed è là dov'io nacqui. – Riescirebbe molto inutile l'affermare che io non abbia vissuto anteriormente, – che la mia anima non abbia esistito prima di questa vita. Lo neghereste voi? Capisco; questa non è materia di controversia. Convinto, io non cerco di convincere. Vi ha, d'altronde, tali ricordanze aeree, indistinte, indefinite, – quasi punti visivi e parlanti dell'intelletto, quasi echi melodiosi e mesti d'impercettibil lontano; ricordanze sempre svolazzanti, persistenti; specie di memoria simile ad ombra, – vaga, variabile, infinita, vacillante; ombra esistente, essenziale, di cui mi sarà impossibile liberarmi, tanto che risplenderà il sole della mia ragione.

Ripeto, è in quella camera che sono nato. Adunque, venendo io dal fitto di una lunga notte che pareva sì, ma non era la non esistenza, per piombar d'un tratto in un paese fatato, – in un palazzo tutto fantastico, – negli strani dominii del pensiero e dell'erudizione monastica, – non vi sembrerà cosa molto singolare che mi sia guardato d'attorno con occhio spaventato ed ardente; che abbia logorato la mia infanzia su libri e consumato la mia giovinezza ne' sogni.

Ma – quegli anni essendo passati e il bello della mia virilità avendomi tuttavia trovato nella dimora de' miei antenati – ciò che deve invero parere strano è quella specie d'immobilità, di inazione avvenuta nelle sorgenti della mia vita, – è quell'invertimento completo operatosi nel carattere de' miei più comuni e semplici pensieri.

Le realtà delle umane cose m'impressionavano a guisa di visioni, e niente più che visioni, – mentre per lo contrario, le folli idee del paese dei sogni, le fantasime del soprannaturale e dello spiritismo, formavano non dirò l'ordinario alimento de' giorni miei, ma quello positivo ed unico dell'intera mia esistenza.

. . . .

. . . .

Berenice ed io eravamo cugini, ed amendue venimmo su negli anni presso la casa paterna. Ma, crescendo presto spiegammo disposizioni fisiche differenti: – io era sempre malaticcio e sepolto nella mia mestizia, – essa tutta agile, tutta grazia e di rigogliosa energia. A lei lo scorrazzare per campi e pendici, a me gli studi del chiostro continui e pesanti. Io, tutto a vivere nell'intimo del cuore, dedito anima e corpo alla più intensa, alla più macerante meditazione; ed essa a errare spensierata per le vie, senza un sorriso all'esuberante giocondità del mattino, senza un poetico sospiro al solenne e mistico silenzio della sera.

Berenice! – Io invoco il tuo nome, Berenice, e dalla stanca memoria si svegliano tuttavia mille ricordi tumultuosi del nostro passato! – Oh, la di lei immagine è ancor lì lì vivente innanzi a me, come a' giorni sereni della sua gioja e della sua felicità! O beltà magnifica e fantastica ad una! O silfide, errante nei cari boschetti di Arnheim! O najade, tra' rivi di argento! – Ed ora? ora tutto è mistero e terrore profondo, è una storia che sdegna di aprir le sue pagine. Un male, un fatal male l'avvinghiò nelle sue spire e – a guisa del vento del deserto – l'abbattè: quale spettacolo! durante il tempo stesso ch'io la stava osservando, lo spirito di trasformazione passava su di lei e la tramutava, compenetrando il suo spirito, le sue abitudini, il suo carattere – e, sottile sottile, terribile terribile, turbando persino la stessa sua identità! Ahimè! il distruttore invisibile veniva e se ne andava – a guisa di ladro; ma la vittima, la vera Berenice ch'era ella mai divenuta? In verità non la conosceva più omai, io non la riconosceva più, almeno come Berenice.

Tra le numerose serie di mali venuti dietro a questo primo e fatale assalto, il quale operò una sì orribile rivoluzione nell'essere fisico morale di mia cugina, è importante il rilevare come il più tristo e pertinace fosse una specie di epilessia, che il più delle volte mutavasi in catalessi. Catalessi perfettamente simile allo stato di morte, da cui ella talvolta destavasi come di soprassalto, spaventata e lassa. Contemporaneamente, il mio proprio male (era stato assicurato essere della stessa origine) cresceva rapido rapido, sino a che – aggravandosi per un immoderato uso di oppio – prese in fine il carattere d'una monomania tutta straordinaria e nuova. D'ora in ora, di minuto in minuto, la sua energia cresceva, e col volger dei dì giunse a tale che nella più singolare ed incomprensibil maniera dominava tutto il povero mio individuo. Questa monomania – giacchè è necessario la chiami con tali parole, – consisteva in una morbida irritabilità delle facoltà dello spirito, stato che in linguaggio filosofico si chiama facoltà d'attenzione. Probabilmente io non sarò qui compreso, o ben poco; ma temo davvero di trovarmi nell'assoluta impossibilità di dare alla comune dei lettori un'idea esatta di questa nervosa intensità d'interesse con cui nel mio caso (per evitare termini tecnici) la facoltà meditativa si fissava e si approfondava nella contemplazione degli oggetti i più volgari della vita.

Indefessamente meditare per lunghe e lunghe ore condensando l'attenzione su qualche nota puerile tra il margine di un libro o l'intervallo del testo; restare intieramente assorto, la maggior parte del giorno, in un'ombra bizzarra obliquamente projettantesi su' damaschi polverosi, sul pavimento tarlato; lasciarsi ire per una notte intiera a fissare la fiamma vibrante di una lampada o le brage rosseggianti del camino; fantasticare continui e continui giorni sul profumo dei fiori; ripetere nella più monotona spensieratezza qualche volgarissima parola, ripeterla tanto che tal suono, a furia di essere ripetuto, finisse di presentare allo spirito un'idea qualsisia; perdere ogni sentimento di moto e di esistenza fisica in un ozio assoluto, ostinar lamento protratto, – eccovi, amici, alcune delle più comuni e delle meno dannevoli aberrazioni delle mie facoltà mentali, – aberrazioni che certamente non son fuori di esempio, ma che rifiutano al certo ogni spiegazione ed ogni analisi.

Oh, lo spirito!

Avanti; io voglio essere ben compreso.

L'anormale, l'intensa, la solenne attrazione che per tal modo in me si eccitava da oggetti di per sè stessi frivolissimi, è di tale natura da non confondersi con quell'inclinazione al fantasticare, comune a tutta l'umanità, a cui soprammodo abbandonansi le persone di un'immaginazione ardente. Quest'attenzione, come potrebbe parere dapprima, non solo era un limite eccessivo, un'esagerazione di questa tendenza; ma ne era eziandio per origine e per essenza affatto distinta.

Nell'un dei casi, il fantasticatore, l'uomo dall'immaginativa potente, venendo d'ordinario interessato da un oggetto anzichenò serio, lo perde a poco a poco di vista a traverso le immensità delle deduzioni e degli stimoli che ne scaturiscono, – e con tale efficacia, che all'invanire di questi sogni pieni spessissimo di voluttà arcana, egli – il povero fantasticatore – trova, riconosce l'incitamentum, causa prima delle sue riflessioni, intieramente svanito ed obliato.

Nel caso mio, il punto di partenza era invariabilmente frivolo, quantunque nei fantasmi della malata fantasia rivelasse un'importanza superficiale e di rifrazione. Io faceva invero poche deduzioni, se pur talora ne faceva; nella quale circostanza esse volteggiavano sino a fissarsi nell'oggetto primitivo, siccome in lor centro. Le mie meditazioni ritraevano un non so che di amaro; e al dileguarsi di quelle strambe chimere, la causa primitiva, invece di essermisi dileguata dagli occhi della mente, aveva raggiunto quell'interesse tanto soprannaturalmente esagerato, che formava la più spiccata qualità del mio male. – In una parola, la facoltà dello spirito, più specialmente eccitata in me, era come dissi, quella dell'attenzione; mentre la facoltà del fantasticatore comune è sempre la meditazione.

Di quel tempo, i miei libri in uso, se direttamente non servivano ad irritare il mio male, partecipavano però largamente (ed è facile il comprenderlo) alle qualità caratteristiche di esso, in forza appunto della loro immaginaria ed irragionevole natura. Tra gli altri, mi ricordo assai bene del trattato del degnissimo italiano Celio Secondo Curione: De Amplitudine Beati Regni Dei; della grand'opera di Sant'Agostino: De Civitate Dei, e De Carne Christi; e di Tertulliano, il cui inintelligibile pensiero – Mortuus est Dei Filius; credibile est, quia ineptum est; et sepultus resurrexit; certum est, quia, impossibile est, – per più settimane assorbì proprio tutto il mio tempo in un'inutile e laboriosissima investigazione d'intelletto.

Vedete mo' quale malìa!

Com'è facile a pensarsi, bruscamente disturbata dalle più futili cose, la mia ragione poteva benissimo rassomigliarsi a quella rupe di mare, di cui fa parola Tolomeo Efestione, rupe che qual torre resisteva immobile ad ogni violenza umana ed al furore più terribile delle acque e dei venti, e che tuttavia, tocca appena dall'asfodelo, cupamente vacillava in sua base. A un filosofo superficiale potrà sembrare semplicissimo e fuor dubbio che la terribile alterazione prodotta nelle condizioni morali di Berenice dalla sua deplorabile malattia potesse apprestarmi il precipuo soggetto di esercitare quell'intensa ed anormale meditazione, di cui testè provai non poca difficoltà a spiegare la natura. E pure, chi lo crederebbe? Nulla, proprio nulla vi era di tutto questo.

Nei lucidi intervalli della mia infermità, è vero, la sua malattia mi dava un grande affanno; quella completa ruina della sua vita bella e dolce, mi schiantava il cuore: di spesso, colmo di amarezza, io andava meditando sulle misteriose e strane vie in cui sarebbe scoppiata una rivoluzione sì pronta e misteriosa. Ma questi pensamenti non facevan parte dell'idiosincrasia del mio male; essi erano tali che, in circostanze analoghe, si sarebbero presentati egualmente all'ordinaria maggioranza degli uomini. Fedele al suo proprio carattere, la mia malattia si pasceva de' mutamenti meno importanti, ma più forti ed improvvisi, che si manifestavano nel sistema fisico di Berenice, in quel singolare e spaventevole sfacelo della sua identità personale.

Nei giorni più splendidi dell'incomparabile sua bellezza, io era certissimo di non averla mai amata. Nella strana anomalia della mia esistenza posso affermare che i sentimenti non mi vennero mai dal cuore, e che le mie passioni sono sempre discese dallo spirito.

A traverso i brancicanti barlumi del crepuscolo mattinale, – a traverso le folte e fresche ombre del meriggio, – di notte, nel silenzio sepolcrale della mia biblioteca, oh, quante e quante volte erami ella balenata allo sguardo! e io l'aveva contemplata lì lì non come la Berenice vivente e palpitante, ma come la Berenice di un sogno; non come un essere della terra, un essere carnale, ma come l'astrazione di un tale essere; non come una cosa da ammirarsi, ma da studiare in ogni sua parte; non come un oggetto d'amore, ma come il tema di una meditazione quanto astrusa altrettanto irregolare. E ora, ora io tremava convulso in sua presenza, io impallidiva al suo accostarsi; nondimeno, nello struggermi amaramente della sua deplorabile condizione di languore e deperimento, mi rammentai ch'essa mi aveva lungamente amato, e in un cattivo momento le parlai schiettamente di matrimonio. – E l'epoca stabilita alle nostre nozze alfin si avvicinava, – allora che un dopo pranzo d'inverno, in una di quelle rare giornate calde, calme e nebbiose – predilette di Alciona la bella – credendomi solo, io mi era assiso nel gabinetto della biblioteca. Poco dopo, alzo gli occhi, ed eccoti ritta ritta innanzi a me Berenice.

Qual vista, mio Dio, quale vista! Ell'era una vera apparizione fosforescente. Ma era questo dunque effetto dell'immaginazione esaltata, o era l'influenza dell'atmosfera nebbiosa, o il crepuscolo incerto della stanza, o le vesti oscure che avvolgevano la sua persona, che le dessero contorni sì ondeggianti ed indefiniti? Invero non lo saprei dire; forse nel progresso della sua malattia ella s'era fatta più alta. – Non mi disse motto; ed io per tutto l'oro del mondo non le avrei rivolto una sillaba. Un gelido ribrezzo mi serpeggiò in ogni fibra: una sensazione di angoscia insopportabile mi opprimeva; una curiosità divorante mi penetrava l'anima; abbandonandomi vinto di forze sopra una poltrona, restai alcun tempo senza respiro e senza moto, gli occhi sbarrati e fissi sulla di lei apparizione. Ohimè! la sua magrezza era divenuta estrema, e nè un sol contrassegno del primitivo suo essere era sopravvissuto o rimasto a darle l'aria dei lineamenti passati. Infine, i miei occhi presero passionatamente a fissare il suo volto con ardore convulsivo.

Alta la fronte, pallidissima e singolarmente calma; e i capelli che, già di un nero di pirite, le coprivano in parte, ombreggiandole, le scarne tempia d'innumerevoli anella, adesso erano tratti ad un biondo rossiccio, la cui fantastica apparenza scempiamente contrastava con la dominante mestizia di tutta la fisionomia. Senza vita e splendore, i suoi occhi, mi apparivano privi di pupille; ond'io penosamente e quas'inconscio stornai i lumi da quella vitrea fissezza e li trassi alle sue labbra, sottili sottili e come sconciamente avvizzite. E queste si aprirono; ed ecco in un sorriso singolarmente significativo lenti lenti apparire al mio sguardo i denti della nuova Berenice. Mio Dio, mio Dio, quei denti! Oh, non li avessi mai veduti quei denti, o – visti appena – fossi morto! . . . .

. . . .

. . . .

Il lento lento stridere di una porta che si chiudeva, scossemi di quell'astrazione, ed io, levati gli occhi, mi accorsi che mia cugina aveva lasciato la stanza. Ma lo spettro bianco de' suoi denti scorreva nel mio cervello, ed era sempre lì lì come vagolante. Però l'impressione di quel suo sorriso passeggiero fu tanto viva e profonda nella mia memoria, che non mi sarebbe sfuggito il menomo screpolo della superficie di quei denti, la menoma tinta in quella nitidissima loro uniformità, la più lieve ineguaglianza sulle loro punte. Oh, ma quei denti, que' denti erano troppo stupendamente belli! Anzi, rimasto solo, io li vidi ancor più distintamente che non li avessi osservati poc'anzi. – Quei denti! quei denti! eran là, e poi là, sempre là e dappertutto – visibili, palpabili – a me dinanzi, lunghi, affilati, eccessivamente bianchi tra quelle labbra pallide – livide, or bruttamente convulse, or scempiamente vizze, ora spaventosamente tese, come poc'anzi.

E qui riassalimmi la piena furia della mia monomania, ed invano dovetti lottare contro l'irresistibile e strano suo influsso. Non più un pensiero per il numero sterminato d'oggetti di questo mondo esteriore; – tutta la mia mente, tutte le mie idee non erano che per quei denti. Quanto a loro, io provava una specie di frenesia irresistibile. Ogni altro oggetto, ogn'interesse diverso venne tutto assorto in questa contemplazione. Essi, essi soli, i denti – erano dinanzi al mio spirito, tanto che la loro esclusiva individualità diventò la vera essenza della mia vita intellettuale. Io me li vedeva presenti le intiere giornate, io li considerava, li passava persistentemente ad esame per tutti i versi; ne studiava tutti i caratteri – ne osservava le particolari loro linee – ne meditava la conformazione – rifletteva all'alterazione della loro natura. E tremava a verga a verga attribuendo loro con la mente le facoltà di sensazione e di sentimento, sino a pensarmeli senza l'indumento delle labbra per accordar loro una potenza di espressione morale. Molto a proposito si è detto, parlando di madamigella Saltè, che tutti i suoi passi erano sentimenti, – e di Berenice, molto più seriamente, che tutti i suoi denti erano idee. IDEE! Ah! ecco, ecco l'assurdo pensiero di cui caddi vittima! I denti – idee! Ah, ah, ah! eccovi, eccovi il perchè li vedeva, li contemplava li studiava, li desiava tanto. I denti erano idee; e sentiva che solo il poterli possedere m'avrebbe ridato la pace e riammesso nella ragione.

Erano idee!

. . . .

E la notte scese su di me, e vennero le tenebre, e dominarono – e poi lente lente dileguaronsi; – e venne un nuovo giorno, – e le ombre di una seconda notte si addensarono su me, – e sempre io rimaneva immobile in quella camera solitaria, – sempre seduto, sempre sepolto nella mia meditazione fittissima; – e sempre in fantasma quei denti lì lì a librarmisi intorno, a mantenere quegl'influssi, così che la larva vivissima e ributtantissima volteggiava qua e là a traverso la luce e le ombre cangianti della camera.

In fine, a mezzo di questi sogni, scoppiò un grido di grande orrore, di grande spavento, a cui dopo una breve pausa successe un rumor di voci desolate, interrotte da gemiti di sordo dolore e di straziante affanno. Mi rizzai su e, aprendo una delle porte della biblioteca, incontrai nell'anticamera un famiglio tutto in lagrime, il quale mi annunziò che Berenice era morta. Colpita d'epilessia al mattino, aveva soccombuto; ed ora, al venir della sera, la fossa attendeva l'ospite novella: e già tutti i preparativi della sepoltura eran compiti....

. . . .

Pieno il cuore d'angoscia, oppresso dal terrore, con forte ripugnanza diressi i miei passi verso la camera da letto della defunta. Questa camera era ampia e tetra, e ad ogni passo inciampavo nei preparamenti della sepoltura. Le cortine del letto, mi disse un famiglio, essere chiuse sopra la bara, nella quale – aggiunse con voce bassa e commossa – giace tutto quanto resta della Berenice. – Chi è dunque che mi chiese se voleva vedere il cadavere di lei?

Stravaganza! Nessun labbro si era mosso, nè io lo vidi almeno; e tuttavia questa domanda erami stata propriamente rivolta, e l'eco delle ultime sillabe vibrava ancora nella camera. Essendo impossibile un rifiuto, fu con gran sentimento d'oppressione che mi avvicinai alla proda del letto. Lento lento sollevai i funebri drappi del cortinaggio; e, nel lasciarli andare, essi ricaddero sulle mie spalle – per cui, separato dai viventi, mi trovai come chiuso nella più stretta comunione con la defunta.

Tutta l'atmosfera della camera sapeva di morte; ma l'esalazione particolarissima della bara mi faceva male, e mi pareva già di sentire venir su dal cadavere i deleterii principii del suo sfacelo. Per liberarmi di là avrei pagato un mondo, avrei donato l'anima per fuggire all'influsso pernicioso della mortalità, per respirare ancora una volta l'acre puro de' cieli eterni e sereni. Ma io non aveva più il potere di muovermi, mi sentiva inchiodato là, quasi masso; mi vacillavano fortemente le ginocchia, sembrava che fossi piantato nel suolo, continuando a guardare fisso fisso l'irrigidito cadavere lungo disteso nell'aperta bara.

Cielo! è egli mai possibile? ha dunque il mio cervello dato la volta? o il dito della defunta si è mosso nella bianca tela che lo copriva? – Possibile?

Tutto tremante d'inesprimibil paura, alzai lentamente gli occhi per vedere la fisionomia del cadavere. La benda con cui egli aveva fasciato la bocca, non so come, erasi rallentata e caduta; le labbra contorcevansi lividamente in una specie di indefinibil sorriso, ed a traverso il melanconico loro contorno i denti di Berenice bianchi, lucenti, affilati, terribili mi fissavano tuttavia con una vivezza di vita reale. Quasi preso di convulsioni diaboliche, mi staccai dal letto e, senza proferire parola, mi slanciai come un maniaco fuori di quella camera di mistero, di orrore e di morte.

. . . .

Mi trovai nella mia biblioteca; stava seduto, – ed era solo – solo! Mi sembrava di essere uscito da un sogno confuso ed agitato. – Mi accorsi ch'erasi fatto notte: io aveva però preso tutte le precauzioni possibili perchè Berenice fosse seppellita dopo il tramonto del sole; ma non serbai alcun reale nè ben definito ricordo di quanto si era passato durante sì lugubre intervallo. Nondimeno la mia memoria era invasa di orrore, – orrore tanto più orribile quanto più vago, – di un terrore renduto più vivo per la stessa sua ambiguità. Era una specie di pagina spaventosa del registro della mia esistenza, intieramente scritta con oscure rimembranze di ribrezzo, inintelligibili. Ogni mio sforzo per leggere in queste strane linee, vano: e tuttavolta, di tanto in tanto, simile a lamento di suon che s'involi, un grido flebile, acuto acuto, – una voce di donna – sembrava arrivasse a ferirmi le orecchie.

Aveva io forse per avventura tentato e compito qualche cosa? – Ma, e qual era mai questa cosa? E a voce alta rivolsi a me stesso la domanda, e gli echi della camera con un susurro decrescente mi rimandavano in risposta: Qual è dessa mai questa cosa?

Sopra la tavola, al mio fianco, ardeva una lampada, e presso di essa un cofanetto di ebano. Non molto notevole il suo stile; e un tale oggetto io l'aveva già visto spesse volte, essendo esso proprietà del medico di mia famiglia. Ora, come mai questo cofanetto trovavasi là, là sulla tavola, – e perchè al solo guardarlo mi sentii scuotere per lo spavento ogni fibra? È vero: queste erano cose a cui non valeva la pena di volger lo sguardo: ma, alla fine, i miei occhi caddero sulle aperte pagine di un libro, e si fissarono sopra una frase sottolineata. Questa frase energica nella sua semplicità, e singolare, apparteneva al poeta Ebn Zajat, – ed era: Dicebant mini sodales, si sepulcrum amicæ visitarem, curas meas aliquantulum fore levatas.

Come è dunque mai che, al leggere queste parole i capelli mi si rizzassero sul capo ed il sangue mi si agghiadasse nelle vene?

In questa, eccoti picchiar lieve alla porta della biblioteca e, pallido come un essere di oltretomba, farsi innanzi in punta di piedi un mio famiglio. Aveva lo sguardo per terrore stravolto: e si appressò a parlarmi con voce bassa, bassa, tremula e come soffocata. Che cosa mi diss'egli? Io ne capii appena qualche frase interrotta. Parmi che mi narrasse come uno spaventevole grido avesse turbato il silenzio della notte, – che tutti i famigli s'erano riuniti, – che s'erano fatte ricerche nella direzione del suolo... Infine, la sua voce bassa bassa si fece distinta sino a farmi fremere, quando l'ebbi inteso affermarmi che si parlava di una violazione di sepolcro, d'un corpo sfigurato, privo del suo lenzuolo, che tuttavia respirava, che tuttavia palpitava, – che era vivente!

Ei guardò i miei vestimenti; erano tutti oscenamente grommati di fango e di sangue. Senza proferire parola, mi prese dolcemente per la mano, – e in essa apparivano larghe stimmate di unghie umane. Allora e' diresse l'attenzion mia verso un oggetto locato contro il muro; – era una bara. Con un grido straziante mi slanciai alla tavola ed afferrai convulso il cofanetto d'ebano. Ma non ebbi la forza di aprirlo e, in quel mio tremito nervoso sguizzatomi di mano, pesantemente cadde e andò in minuzzoli. E rotolando sul pavimento con enorme fracasso, quasi suono di vecchie ferramenta, vidi uscirne alcuni istrumenti di chirurgia dentaria, e tra essi trentadue coselline bianche bianche, come l'avorio, che scricchiolando si sparpagliarono sul nudo pavimento...

FINE.